2015年

诗歌选粹

曹梦琰　张光昕 _ 主编

名作欣赏杂志　鼎力推荐
权威遴选　深度点评　中国最好年选

山西出版传媒集团　北岳文艺出版社

图书在版编目（CIP）数据

2015 年诗歌选粹 / 曹梦琰主编 . —太原：北岳文艺出版社，2016.1

ISBN 978-7-5378-4669-1

Ⅰ . ① 2… Ⅱ . ①曹… Ⅲ . ①诗集—中国—当代 Ⅳ . ① I227

中国版本图书馆 CIP 数据核字（2015）第 304089 号

书　　名：2015 年诗歌选粹
主　　编：曹梦琰　张光昕
责任编辑：史晋鸿
装帧设计：张永文

──────

出版发行：山西出版传媒集团·北岳文艺出版社
地　　址：山西省太原市并州南路 57 号
邮　　编：030012
电　　话：0351-5628696（发行部）
　　　　　0351-5628688（总编室）
网　　址：http://www.bywy.com
E－mail：bywycbs@163.com
经 销 商：新华书店
印刷装订：三河市华东印刷有限公司

──────

开　　本：710mm×1000mm　　1/16
字　　数：235 千字
印　　张：16
版　　次：2016 年 1 月第 1 版
印　　次：2019 年 1 月河北第 2 次印刷
书　　号：ISBN 978-7-5378-4669-1
定　　价：35.00 元

序

/ 曹梦琰

  2013年至今,《诗歌选粹》走过了两年。2015年度的选编兹已完成。编者从北京的初秋几经辗转,抵达上海的深秋。一些诗人与他们的诗歌,也经由某种缘分落定于这本书中。若干年前,诗人张枣写道:"在这个坚韧的世界上来来往往/你,连同你的书,都会磨成芬芳的尘埃"(张枣《秋天的戏剧》)。南方深秋的街头,桂香馥郁。那些小黄花,若不仔细辨认,就悄然隐没于自身的香气,让我这个北方人困惑于它们芳踪何在。我们失落于眼睛的,被嗅觉弥补,心却开始感慨那种失落。"歌唇一世衔雨看,可惜馨香手中故"(李商隐《燕台四首·秋》)。诗歌的芬芳迢递于时空中,抵达接收者之时,写就的时间与场景已然失落,并且永恒地在失落。秋天,在这失落的盛筵中,我们等待诗歌的馨香稍作萦绕。花期不会太久,如同脆弱的此时此地与此身,让一些事物与另一些事物相聚的理由总会不复存在。失落在时间中的选本,其中一首诗与一首诗的互衬与裂隙,也终将蒙尘。或许需要借助几分运气与缘分,它们会偶尔成为另外一个时间与地点的芬芳。这可能也是选本的意义之一,但愿它幸运地成为芬芳的尘埃。

  与时间消逝有关的一切,总在被书写,作为诗歌永远的主题。诗人叹息过去:"死者从未离我们而去"(沈苇《死者从未离我们而去》),"我们是古老的孑遗物种，日渐稀少"（西渡《我们是古老的孑遗物种》）。诗人叹息未来："瓦砾上摇晃的野雏菊/噙着不属于它的露滴，那是我的，有关/未来的玄机，一天比一天沁暗了月影"（杨政《忆南京》），"该怎样相信神话中有过自己的位置？"（朱朱《给来世的散文》）无疑，永恒的叹息总是伴随着它的因地制宜感，让我们叹息的，好像是相同的东西，又好像不是。从沉默到叹词：闻一多先生所谓最初的感叹字都是因情感的激荡而发出。再到叹词沦为虚词，如果不以言辞诠释之，它往往是无效的叹息。这个过程，为我们呈现了一个对于人类而言充满新鲜感的世界，如何转变为不再那么新鲜，越来越不新鲜的世界。曾经质朴语言能够唤起的诗质，取而代之以精巧的语言。从古典汉诗到现代汉诗，处境之变，决定性地促成了已然纯熟的古典诗歌写作系统的崩塌。在现代汉语诗歌写作中，每一首诗都在独创（或者说试图独创）它自己的形式，形成针对它自身有效的一个系统，既然原本的系统已然崩塌。那么，因地制宜感，被推到极致（它将独特而持久地针对一首诗有效，也仅仅针对一首诗有效），就变得愈发重要。

"地"，处境，可推及天地、地球、土地、地域、地区，甚至是思想与心理（比如"心地"）。我们会发现，这些词义并不处于同一标准的分类系统之下，比如地域所参照的自然环境和地区依附的行政划分标准。加诸我们的"地"，有如纵横交错的立体网络。地域的魔力在召唤诗歌的灵性："一个人放逐荒原，喘息/像伊犁河谷一粒种子的生长、蔓延，悄无声息"（张映姝《正午，塔兰奇》）。江南的都市，依然滋生着敏感、潮湿与腐坏："翻开身体，读一读它的潮湿/谁还会携带着木质的梦/用身躯的朽坏散发出灵魂的异香"（刘化童《悼亡——给所有可能死去的人》）。北方的雪，连同日常生活，被某种色彩轻轻染指，若隐若现："钟声响了。雪和文件已经签署。/我们从党委办公室紧闭的门外走过。"（徐钺《在和平年代》）有时，摄人心魄的是一种较为单纯的地域（异域）气息："弥漫着异域气息，具有地理学、生态学和文化学意义的新疆，就像俗世中的'世外桃源'，是一个独特的存在。"（范云晶评张映姝《正午，塔兰奇》）有时，让我们陷入沉思的是地域、城市、历史与现状的交错中，身体对于处境的浑噩感：“那些最危险的时刻终于都已经过去/你我依旧像以前那样”（苏画天《乌鲁木齐》），以及诗人呼之欲出的警觉：“苏画天发现了那些'舒适感'被'打破'的时刻，一种危机意识油然而生，如同无休止的防空警报，提示出我们身处的困境。”（蕨弦评苏画天《乌鲁木齐》）言及"地"，自然要谈论"制宜感"，或可言空间感，处境感。即诗人们如何观察、言说、对峙与化解加诸自身的"地"。

作为一种一定时期内较稳定的处境，地理环境会带给身处其中的人们某些共同特质。这也是近乎血脉一样的东西，或曰文气："北俊南孊气不同"（龚自珍《己亥杂诗》）。尽管地理之差如今已是咫尺，我们依然不难看到自然与人文累积的顽固，如何在顽固地影响诗人。"身体因怕疼痛，冬季藏起关节/而在这里却不用/一片归宿/每一寸黄土，爱与愤怒都平息下来"（冯晏《新圣女公墓》），"爱如流水，恨似浮云/它们不及饱含死亡的尘土/沉重，而又深远/在幽深的时光中/我们迷路/却又看不见花开。"（育邦《不知迷路为花开——谒李义山墓园》）。这两句都关涉尘埃落定的墓园，两位诗人的词汇有微妙差别：一边是"藏""归""黄土""平息"叠加出的厚重感，一边则时有"流水""浮云""迷路"营造出轻盈感与迷惑感。

然而，言及处境，更复杂而让人困惑的空间，早已打破了纯粹的地域差别。选本中的诗歌对此昭然若揭，众点评者有关每一首诗的点评，也在呈现，诗人究竟身处怎样的空间，又怎样去传达他的空间感。"它咽下了更小的，小到一个眼中的盲点。/小到洛阳宫里，一场卡脖子写作的/终结"（朱怀金《过黑石关又益家窝渡口》）。一场看似唯美的古典漫游，其中的地点，在诗人这里，已被赋予一种有节制的"小"。承载这个"小"的"洛阳宫"，将成为一个重新被发明的"地"，和它有关的历史、记忆和此在会在书写中被重新感受。如是，这个选本中出现的《月平安桥》《佛国仙境》（原诗题《六月日耳曼尼亚》）《长沙城》《观音山之路》《谐律：提篮桥》……似乎都在记忆和感受中重新确定"身"与所处空间的距离感与可触摸程度。一个地名是否已为丧失意义的空址？对于加诸它的历史与传统，对于加诸它的有关世界大同的梦想。无处不在的眩晕、荒诞与失落感在"地"织就的天罗地网中让诗人惶惑。诗人来到"黄河北岸"，会触摸些什么。诗人"听南山",想要听些什么。"等车的人"逃离城堡,所归何处?"高速公路"运转起来的城市,已成"单性繁殖着的空间"。乘上"冒失的火车",人们抵达故乡,它却变成"虫蛀的空宅"。处处是"蜗居""暂住"……处处是:"那个满是灰尘的院子是你的心灵。"(尔图格《姑兰姆汗》)想要溯源母体,那羊水中的世界,问问"你是谁",然而"一旦人出生就无法返回母体",那庇护我们的永恒安全空间,只是用以丈量永恒的无安全感。去找日常生活的一丝余地:"我不断重新陷入一种惊情/并且准备永远就这样活下去"(了小朱《日常生活的一丝余地》)。去"寻找一间打铁铺",在被磨损与灼伤的生活中,重建一种坚韧与安全。然而,"人究竟是这个世界的建设者还是迫害者?""我们人也被纳入了被迫害的秩序中,在劫难逃"(程一身评罗霄山《采石山》)。天空和它在水中的照影,构成了让我们感到"顶级绝望"的空间;窗外的"繁荣的时代",却又让人心生厌倦。身处现代空间,我们"即使相逢间取暖也依旧唇齿冰寒"(张尔《依旧》)。所以,是在孤独中感受内心的悬崖:"我看见悬崖始终处于最中心的位置/正如每次途经你时,/我所握紧的那片陡峭的静止"(康苏埃拉《悬崖》);还是因羞赧而保持适度的距离,打量世界不被煽情的美与笨拙:"这降维后的世界多么幽深,隐约、料峭,更值得等待,/哪怕为鱼跃般的逗点,蹩脚的对白被分割"(蘔弦《默距》)。少年已感凋零:"啜饮荒芜的废水,栖繁华的朽木"(肖炜《回乡偶书》);年华消逝者,又添几分童趣:"这俩人笑得跟小孩一样无知。最后我实在忍不住了/对他们说:你们俩真无聊"(雷武铃《和铁军巨文在晋豫陕间的黄河北岸》)。每一位诗人,在他们写就的每一首诗歌中,都以自己的尺度去调整与校准他和世界的真实距离。因此人们怅惘于某种失落,却依然心有期冀;期冀仿佛瞬间会被打破,仿佛又被坚韧地捍卫,为了这片刻的美妙与销魂。充满对峙的"包孕性"瞬间,让我们言及的因地制宜感不再是空谈。它给予诗歌某种尺度,后者不是腐朽的陈词滥调,也不是标新立异的花腔。

无力抵抗时间的消逝,亦无力逃脱空间的束缚,此身脆弱如是。固执于自己的狭隘,"他们为什么不'到屋外看看那在里面生活的人'呢,这是人性的痼疾,还是人性的局限?"(程一身评周鱼《日子》)亦期望突围狭隘，对话他者，"在充分的钻探自我之后，以成熟的意志走入他者的世界"（王辰龙评方李靖《钻孔机》）。矛盾、尴尬，漏洞百出，此身即如是。正如陷落我们的时间与空间，那样的碎片化，映出现代生存处境中同一而空虚的无数张面孔。然而，神迹和神明在被书写，宗教的神秘性在被书写，还乡的诚恳与自然的力量在被书写……我们囿于自身的空间，又试图去触摸与深入另外的维度与它们构成的空间。目光投向星空时，在宇宙大手笔的计量中，它是否也意味着抵达？尽管我们期待的回应要在光年之外。此身脆弱如是，尴尬如是，却默默地为心之尺度与浩渺空间之尺度建立了某种联系。

言及处境，诗人在他的诗歌中所触及的，关注点有所不同，深浅亦有不同。甚至败笔，如果它既是诗歌写作本身的问题，又和生存处境密切相关，那么技艺的欠缺与生活的拘囿往往在彼此诱发与纠缠。谁先突出重围？我们都将漫长而持久地去经历，或许经常失败也未可知。生存本身，即踏入你再也无法踏入第二次的河流，所以人们似乎总在谈论同一个东西，又仿佛不是它。基于编者自身关注的一些问题，在本书的编选中，我稍作了留意。所邀请的众点评者，也都以各自的方式做出了不同层面的探讨。

兹已成，经由这本书的缘分聚于此刻的诗人、点评者，还有编者自己，将各自奔赴逝者如斯夫的时间之河。秋天这失落的盛宴，映照出万物的杯盘狼藉，亦将它们清扫、腾空，以下一个轮回的期许为慰藉："忘掉所有的仇恨和敌人。/怀孕的大地上，我要分娩出我自己"（李海洲《秋天传：二十四歌》）。尽管对于人的年华来说，会意味着又一年的失去。

感谢诸位诗人的诗作，以及他们的支持与配合。感谢张光昕师兄与我一同进行选编工作。感谢钟鸣先生力透纸背的点评。感谢湖南文理学院的程一身老师和浙江工业大学的颜炼军师兄，二位在致力于教学事业的同时，为本书贡献了精彩的点评。感谢中央民族大学的博士范云晶姐姐，博士王辰龙师弟，肖炜师弟。感谢中国人民大学的博士李海鹏学弟。感谢首都师范大学的博士景立鹏学弟，硕士万冲学弟。感谢上海复旦大学的菝弦学弟。他们各具特色的点评，让本书大为增彩。感谢各类诗歌刊物，以及越来越便利的网络空间,让选编得以顺利进行。相聚的理由已不复存在,流逝与失落一直在进行中,尽管如此,我们依然能够期冀"许多夕照后/东西会越变越美"(张枣《灯芯绒幸福的舞蹈》)。

2015年10月14日于上海三门路

目 录

1　李海洲诗一首
　　　《秋天传：二十四歌》

10　胡弦诗一首
　　　《渡轮》

12　砂丁诗一首
　　　《雨水莲花的午后——给李琬，敬致娄烨》

15　罗霄山诗一首
　　　《采石山》

17　蒋浩诗一首
　　　《一个插曲》

20　杨政诗一首
　　　《忆南京》

23　朱怀金诗一首
　　　《过黑石关又益家窝渡口》

25 帕尔哈提·吐尔逊诗一首

    《女人》

28 朱朱诗一首

    《给来世的散文——致一位友人》

32 西渡诗二首

    《我们是古老的孑遗物种》

    《我感到自己就要沉没……》

34 森子诗一首

    《月平安桥》

36 桑克诗一首

    《秘密》

39 塔依尔·哈木提诗一首

    《我的蜗居》

42 杜涯诗一首

    《对远方事物的一次眺望》

45 冯晏诗一首

    《新圣女公墓》

49 池凌云诗一首

    《寻找一间打铁铺》

51 秦晓宇诗一首

    《月岩记》

53 张尔诗一首

    《依旧》

55 沈苇诗一首

    《死者从未离我们而去》

57 雷武铃诗一首
　　《和铁军巨文在晋豫陕间的黄河北岸》

60 李商雨诗一首
　　《铁雪》

62 刘涛诗一首
　　《草原》

64 吾吉麦麦提·麦麦提诗一首
　　《烛光》

67 育邦诗一首
　　《不知迷路为花开——谒李义山墓园》

69 杨震诗一首
　　《巴门尼德》

72 肖水诗二首
　　《延误》
　　《江湾》

74 胡桑诗一首
　　《长役》

76 王西平诗一首
　　《和天空构成一种顶级绝望》

78 严彬诗一首
　　《这是一个繁荣的时代》

80 徐钺诗一首
　　《在和平年代》(节选)

83 吕布布诗一首
　　《佛国仙境》

86 墨研诗一首
　　《痕迹学导论》

90 邱岩诗一首
　　《岑魅的午后》

92 车邻诗一首
　　《情人》

94 吴小虫诗一首
　　《观音山之路》

96 李浩诗一首
　　《一些默示》

98 须弥诗一首
　　《夏日书》

100 厄土诗一首
　　《冬末,结束一场旅行》

103 李云颢诗一首
　　《思凡》

105 徐亚奇诗一首
　　《五回婺源》

107 楚灰诗一首
　　《新厂省》

109 西原诗一首
　　《我们的大海》

111 张日郡诗一首
　　《水底的神明——遥敬石门水库底的土地公》

113 谭毅诗一首
　　《形态学——一个生命观察者的工作笔记》(节选)

115　木郎诗一首
　　《好久不见,你的思想又瘦了》

117　林余佐诗一首
　　《生命之初》

119　崎云诗一首
　　《禅机》

121　末白诗一首
　　《听南山》

123　刘客白诗一首
　　《等车的人》

125　甫跃成诗一首
　　《古剑行》

127　茱萸诗一首
　　《谐律:提篮桥》

129　刘旭阳诗一首
　　《秋阳》

131　顾潇诗一首
　　《异乡人》

133　黎衡诗一首
　　《破》

135　王辰龙诗一首
　　《某私营培训机构抽查报告》

137　了小朱诗一首
　　《日常生活的一丝余地》

140　弃子诗二首
　　《薇若妮卡》

　　　　　《几瓶啤酒》

142　谢予腾诗一首

　　　　　《寻妻》

144　李小建诗一首

　　　　　《喀斯特星球游乐场》

146　钱磊诗一首

　　　　　《梁山路雪夜谈简史》

148　江汀诗一首

　　　　　《寒冷的时刻》

150　梁小静诗一首

　　　　　《树林深处》

152　年微漾诗一首

　　　　　《这个世界两点了》

154　刘化童诗一首

　　　　　《悼亡——给所有可能死去的人》

156　田晓隐诗一首

　　　　　《荒年书》

158　张映姝诗一首

　　　　　《正午,塔兰奇》

160　王向威诗一首

　　　　　《还乡》

162　古赫诗一首

　　　　　《你也并非自然之物》

164　周鱼诗一首

　　　　　《日子》

166 杨碧薇诗一首
《情感剥削》

168 方李靖诗一首
《钻孔》

170 张慧君诗一首
《约翰福音第二十一章》

172 弋戈诗一首
《此间》

174 王家铭诗一首
《友人将至》

176 尔图格诗二首
《姑兰姆汗》
《雨水在哭的是我》

179 夏超诗一首
《初夏的地址》

181 杨国杰诗一首
《回乡记(三)——写在父亲63岁生日上》

183 李海鹏诗一首
《长沙城》

187 马小贵诗一首
《阿勒屯的黄昏》

189 苏画天诗一首
《乌鲁木齐》

191 温子豪诗一首
《城市志·高速公路》

193 李琬诗一首
《城市》

195 安吾诗一首
《对话的维度》

197 兰童诗一首
《对"明觉"的辨析》

199 阿迪力·吐尼亚孜诗一首
《皮囊》

201 王琳诗一首
《成年》

203 颖川诗一首
《种种道别》

206 秦三澍诗一首
《雨后致友人》

208 张媛媛诗一首
《过敏源》

210 麦麦提敏·阿卜力孜诗一首
《黑鸟》

212 智啊威诗一首
《一整天我陷入在细节中》

214 李稻诗一首
《入漩涡》

217 刘阳鹤诗一首
《小麦加游记——致M》

220 吴盐诗一首
《不存在的诗人》

222　康苏埃拉诗一首
　　《悬崖》

224　薪弦诗一首
　　《默距》

226　曹僧诗一首
　　《黑夜在两面镜子间洗衣》

229　蒋在诗一首
　　《乌鸦落在了别家》

231　叶飙诗一首
　　《在上海(3)——赠郑丹》

233　肖炜诗一首
　　《回乡偶书》

李海洲诗一首

　　李海洲，1973出生。诗人、作家。出生于重庆，现居重庆，为《环球人文地理》杂志、《城市地理》杂志总编辑。

秋天传：二十四歌

1
我将在一百二十岁的时候睡去
在下一个人写到秋天的时候醒来。

2
夕阳就是曙光
年龄盖住爱情的马脚。
秋天里，落叶要回家，脚步踩在秋虫上
这灿烂的、想哭的速度
让远方幽独，人在菊花里。

3
谣曲从另一个世界传来，从泥土里。

暮霭很低，祖母的果园
挂满许多或紫或橘黄的颜料
往事肥沃，静卧果树下。
清白的族谱忽略着时光
站立其间，只有我是青涩的。

4
饮下一饮而尽的蓝天
饮下菊花与刀。
马蹄踩过落叶，皱了大地的妊娠斑
这黄昏寂静如潭
左右着忧郁色的山峦。
看吧，火车开上键盘
落木下醉卧着衣冠。
结庐相拥，太阳放出月亮
醉死在一首诗里。

5
野花开出南方
谷垛上长大天边和童年……
母语灿烂，落日里隐藏着山川
哦，这怀孕的祖国
草叶上飞走的李白
一花一木，都在自然着平仄。
这一地的抒情诗
一地的流水流出江河委婉。
两只大雁
明确着天和地的关系。

6
河山从绝句开始
从亮镰中收割出黎明。
我从你开始。弯腰摸出幸福的氧气
我想用弹弓打下飞机
打下重庆城。
这是暴动的秋天
激情,从为所欲为开始。
这是繁殖的秋天
妇女乳房丰硕,祖先入土为安。

7
在无可挽回的离别中
枣花接替苹果花,开出下一季的雨天。
祖母躯体清雅,对襟上细密的盘扣
相互紧咬着抵抗坠落。
风干的石榴房
仍夹杂着粮食和藿香的气味。
消逝不可避免,如同桑葚掉下藤蔓
回到蟋蟀悲鸣的泥土
两只白鹤目睹了这一切。
秋天啊,秋天取走了燃烧的人。

8
青山欢娱,丢进水里
也丢进摩梭人的池塘。
鱼群运来蓝色水泡,运来憧憬。
鸟纵,草木深,
河湾上的石板桥
像站立的裤管铺上一只手

命运和落叶随波逐流。
老子写诗,儿女画画
地球的纸上,风在深山像萨满在尖叫。

9
此时,小新娘走下豌豆花
童年的树木比肩而飞
大地阡陌寥落,木槿像紫色的签名
被季节起伏着收藏。
画地为牢的先知,结束劳动改造
走在星斗下。
他少年时代的婚事,懵懂的青春和热血
最终雁过无痕
回到秋风的遗忘里。

10
我将穿越季节的波涛
去看望秋天的你
像一头狮子睡在你门前。
准备好的船只
搁在短信里。
我会带来浆果、盐,和一些生活的经验
我会让秋天的皮肤落满闪电。

11
我要带你去长江的波涛上开房
看彩霞微黄,咬着沉鱼。
我要和你贴水飞行。
浪花是凉席,江水的被面上
绣着我们两只鸥鸟。

大地被释放了吗？长江是秋天的早茶
钟摆般挂进繁星的营帐。

12
合唱的队伍已经集结，秋虫领舞
树木像微风的旗帜。
当落叶如雨，我是其中漂流的一滴
我必须重新回来
走童贞的路
忘掉所有的仇恨和敌人。
怀孕的大地上，我要分娩出我自己。

13
柠檬黄的世界
在少女的读书声里流逝。
请不要打扰，不要打扰孔雀草的舞蹈。
牛奶是清晨的门铃
校徽贴满牧场，她的书包
装满了溪流和祖国。
她的发际上别着晨曦和稻穗。

14
这个秋天，拥有世界是不够的
拥有起义和良知是不够的。
这个秋天，高粱酿酒
粮食如花似玉
鸟群把每条路都重新飞一遍。
修身养性的星球
最终和爱情一样长发齐眉。
这个秋天，谁的灵魂都是可以解救的。

15
或者有离别,骑着一夜的雨声。
或者溪流醒来
秋水已经不是秋水。
而心疼总是那么美……
你说出的谎言,可以被原谅。
你望穿的人心,再也来不及怨恨。

16
运粮车已经抵达,灿烂已经抵达。
风贴着白色房子
说着斑斓的话。芦苇撞向天空
在水面构成的胶片机里荡漾。
远航的人懒散地出发
尽管行囊像裂开的石榴
但我仍然要装着你
装着你在世界上随便地走。

17
波涛是秋风送出的书信
蓝色皮肤里,鱼群是闪亮的邮差
快递着云水的唇线、老船长、燕鸥的谈话。
航海的人胸怀紫罗兰的花语
要和金色的远方水乳相容。
一只黑脚信天翁追着金枪鱼
一个善良的海盗卸甲归田
秋风里,他唱起让孩子们熟睡的歌。
大海啊,大海送来了三餐和酒杯。

18
山高水远,寻仙的人心有沟渠。
落木是秋天的钟声
敲着黄昏深处的禅院。
寻仙的人收集露水,淹死绝望
准备驾舟远去,把河流当作平川
他的抱负在蓬莱或者天上。
但是现在,秋天来了
寻仙的人偷了一下懒
决定留在人间。

19
给秋天写传的人,怀里住着一个宋朝。
住着柳永、姜夔、陶潜
住着杜草堂和李太白。
他们已经从古代回来
从平仄、音律,从对酒当歌中回来。
汉字神清气爽,语法变得业余
他们会告诉你:
没有赞美过秋天的诗人不是好诗人。

20
请吧,兄弟配茱萸
儿女食蓬饵,全国痛饮菊花酒。
请吧,秋风沉醉的重庆
落日高悬的大江
请月上高楼,游手好闲。
请一意孤行的秋天推开所有的窗。

21
借你三千盔甲
你要灿烂到锦官城边。
菊花作马，道路铺向各国的首都。
两宫粉黛集合着众花的香气
要在流淌的时光中宣誓。向日葵和太阳
并排照在李家的后院。
你热爱这些安分的美
你不会远走，就在大地上筑巢。

22
做一个隐者，接地气，看朝阳。
在一涧清水里垂钓世事
读经、写诗，偶尔游学北方山林。
当一夜秋雨翻动，往事平静
心花不再怒放。做一个隐者
天下只是烹制过的一碟川菜。
即使万物消逝，也要在胸间掌一盏灯。

23
所有的情人已经成熟
所有的田野、乔木、李白
全都水到渠成。
秋天。秋天的腰间挂着劳动的逻辑
斧头爱上树，飞鸟爱上鱼
葡萄爱上嘴唇。在秋天
中国是美的。成熟太过迫切
秋天鼓起了少女的衣裙。

24
田野上长满秀发披肩的寂寞
寂寞里长大了我和诗篇。
诗篇，浪漫主义的语言花
寂寞，一万年的朝夕。
众花开遍，读不懂牺牲
众人合诵，唱不出天才的痛。
这是锦绣和自由一统的江山
即使我是国王，那也是一个孤独的国王。

选自《诗刊》2015年8期（下半月刊）

评鉴与感悟

"汉字神清气爽，语法变得业余"，诗人李海洲为秋天写下二十四则列传，在一个满眼秋景的人体内燃烧，这是唯一残剩的句子，一颗母语的舍利。在南方的重庆，一个充满诗性余温的王国，它已豪迈地绽放于所有的节气。诗人正是凭借田野迎接火把的力量，将枝繁叶茂的历史装进一支层峦的秋菊，还原为一副精巧、完美的骨架。秋天和南方，营造了汉语诗歌自言自语的环境，燃烧中的高远情怀和沧桑心绪，在不断再生的汉语肌体里瓜熟蒂落。这是一首不需要解释的诗，语言的明澈通透和情感的饱满丰盈，让诗人成为那些古仁人的遥远知音；他纵横捭阖、淋漓快意地书写，也召唤着汉语诗歌中沉郁苍凉与逍遥精神的结合。整首组诗既有气吞山河的魄力和构造，又有敏锐幽微的点染和别趣，斯文中混合着桀骜，从词句间孕育出的图画和音乐，袅袅跃然纸上，成为一件与时空对称的艺术品。（张光昕）

胡弦诗一首

　　胡弦，1966年生于江苏铜山，先后做过教师、报社记者、编辑，现居南京，《扬子江诗刊》编辑。20世纪90年代开始写作，出版诗集《十年灯》，散文集《菜蔬小语》等，曾多次获奖。2009年11月由中国作家协会《诗刊》社授予"新世纪（2000—2009）十佳青年诗人"称号，2014年获第22届柔刚诗歌奖主奖。

渡轮

有人能看见江上的十字，
渡轮横江拖曳出的水痕
和过往货轮的水痕交叉的十字。

水痕很快就散掉了，
看见十字的人，
还曾看见过水底的大火，以及
沿着泡沫滑动的深渊……

有时江上起了大雾，
那是被十字反锁住的大雾。
一声汽笛，客轮冲破雾气，像是从

古旧的年代中开了出来。

还有人能看见更久远的十字,
那时,江上浪大、船少,
宗教,还不曾诞生。

选自《文学港》2015年第9期

评鉴与感悟——

符号及其编码构成的各种意义构成文化,文化建构了我们,也束缚了我们。当我们去反思一个符号形成自身意义的过程,就是对文化的自觉反思。诗人看见了江水面方生方灭的"十字",联想到宗教产生之前就出现过的无数"十字",这再次提醒我们,我们对人类信以为真那些意义和价值——"被十字反锁住的大雾",需有警惕之心。(颜炼军)

砂丁诗一首

砂丁，1990年出生于广西桂林。同济大学中文系硕士在读。曾任同济诗社社长（2011—2012）。获第八届"未名诗歌奖"，第三届"光华诗歌奖"。辑有诗集《我知道不如你知道》。与他人合编《多向通道：同济诗歌年选》。作品散见于《诗刊》《诗林》《诗歌月刊》等，并收入多种选本。

雨水莲花的午后
——给李琬，敬致娄烨

在宿迁时，你去郊外市集
买甜水果，玉米煨熟了，你用筷子
分一半予我。晨间有雾，你在渡船上
抽烟，脏污的薄外套湿漉漉挂在风里。
是三月，惊蛰路过，满是雨水。
是灰色工厂连结着大片平房，扩展成
平原广阔的颜色。1927年，你们逃难
在市郊一间小书店的地下室里，度过
一段难得的好时光。昏灯沉暗时，你
柔软的器官瘦小、冰凉。读杂志
我们径相念出声儿来，你知道

余欢已尽了，这短暂的触抚无法
勾连成漫长的抵达。雨在下时，你
潮湿、溽热的南方口音一字一顿
俘虏我。丰盛的洗浴，是你无处可走
尚可彼此厌弃。偶尔，天光放晴
你带我去前朝的运河边看莲。莲头
初绽的节候尚早，是成片的塑料花在
混浊的排污道口边盛放。红的，粉中
带红，白菜绿的，墨绿的，先是
自顾自散开在河面，而后一点一点
缓慢聚合成平缓的水田。好像
耗食希望的两个人，站在无边旷野处
呐喊，捉一两只假莲花来做一盏
空荡荡的莲花灯。有了莲花灯
天云尚好的晚上，你我就可以
就着微弱的烛火跳苏俄舞步。
这四方形的、小小的跳舞场，是你
教会我在雨中一派潇洒地不打伞
若无其事地装作心不在焉。
后来，微小的欢娱渐次减少。
你终于在小火车站停留，在站前小铺
买一束纪念用假花。梅雨时节
整个书店都在滴水，你于半途的承诺
使我怀念。在田陌和广野，天雨欲来时
在平原狭长、黑暗的中心，一盏
将燃未燃的莲花灯将你怀念。

选自《诗林》2015年第5期

评鉴与感悟

在这首延续了砂丁既往风格的作品里，他的叙事与状景能力再次得到了展现。诗歌本身并不复杂，讲述的是时局动荡的1927年，逃难到江苏宿迁的左翼青年与他的爱人共同度过的甜美时光。他们在地下室中朗读杂志，去运河边观赏莲花，就着烛火跳苏俄舞步，维系着一份微弱的爱，直到远行的火车再度将两人隔开。莲花本是盛夏的象征，蕴藉着纯净的生机，但梅雨时节，排污口边漂浮的假莲带来的反倒是更深的绝望，用它做出的灯盏只能够映照出生活的假象。这虚幻、无助之莲奠定了全诗的基调。诗中的场景和情绪时时令读者联想到《春风沉醉的夜晚》，这大概也是砂丁用它来致敬娄烨的缘由。（蕨弦）

罗霄山诗一首

　　罗霄山，贵州大方人，1982年生。有作品入选《核诗歌》"后一代"（中国1978—1989)编年大展、"北京文艺网2012年度国际华文诗歌百优奖"、第44届荷兰鹿特丹国际诗歌节在线诗歌朗诵会。

采石山

首先要厘清与机器的关系
一座山需不需要机器？需不需要
电缆和运输便道，就像一个人
需不需要被爱，被蹂躏，和被秩序。
你看见的采石山是光秃秃的一个怪物，它
已经不是山，只是有着
山的形状。那上面没有灌木和虫子
没有露珠从狭小的叶片上滚落
甚至没有早晨的阳光
安坐在一粒露珠的体内，那无端的迷茫的灵魂。
如果你离一座采石山不远
你应该坐上双桥运输车去看它
如一个动物被肢解，如一颗苹果被剥皮
那坦露出的果肉

在粉尘中身患重伤，奄奄一息
你会想着，你在尘世中匍匐
挣扎，妥协和让步——是多么相似！

选自《诗刊》2015年6期（下半月刊）

评鉴与感悟 ——

人究竟是这个世界的建设者还是迫害者？这是我读此诗的第一感受。或许人以建设的名义干了许多迫害之事。人不仅迫害自己的同胞，而且迫害无辜的山脉，以及整个大自然。这首诗写得让我震动，或许诗人是把被迫害的山当成人来写的，我看后心生痛感。事实上，即使去掉后两行，这也是一首非常优秀的诗。从一个层面说，它足以显示工业革命或技术时代的丰功伟绩，从另一个层面说，这种丰功伟绩恰好显示了科技对世界的迫害幅度之广、程度之深。更可叹的是，我们人也被纳入了被迫害的秩序中，在劫难逃。（程一身）

蒋浩诗一首

蒋浩，1971年生于重庆潼南。编辑《新诗》。著有诗集《修辞》《缘木求鱼》《唯物》。2014年获第二届北京文艺网国际华文诗歌奖一等奖。现居海南。

一个插曲

紫菜开黄花，桃树结核桃。
前天突然延续了去年，
又一架飞机失事了。
早上起来，
"小盆友"流鼻涕，打喷嚏，咳嗽。
是感冒，但没发烧。
还在屋里用劲敲爵士鼓，
摇头，挺胸，扭屁股。
"小屌丝"不知世界之最大声
不是来自你我撞击，
就是来自自我爆炸。
药店虽然改了红酒铺，
和吃喝还是相关；
隔壁的理发店还在开，

岁月无情，涨了点价，
又掉了点头发。
据说这次疑似副驾自杀？
选了阿尔卑斯美丽山区不周山，
从三万八千英尺下降，下降，
把头撞上去。呵呵，
三月是最残忍的季节，
残骸如花，开的满山坡。
死，又一次拯救了不死。
收集泪水的人却找不到泉源。
脸书显示，他酷爱飞行，
喜欢电子乐，保龄球，不乏幽默感。
邻居说，他善良，充满活力，追求梦想。
航空公司说，他因抑郁症暂停过飞行训练。
警方说，他的公寓里有重大发现。
但今天的消息像是去年的一个插曲。
那架失联一年多的马航还没找到，
像是换了架飞机，
又伪装成发胖的食指，
继续在手机上刷屏。

注：3月24日，德国之翼航空公司由西班牙巴塞罗那飞往德国杜塞尔多夫的4U9525次航班在法国南部阿尔卑斯山区坠毁，无人生还。

选自《青海湖》2015年第8期

评鉴与感悟

蒋浩是一位不断开辟自己写作副刊的诗人。这种冲动,像个小职员每天慵懒地撕掉桌角的一页日历,也像个老辣的赌徒不露声色地翻开手边的那张牌。《一个插曲》可以看成一首新闻诗,处理的是一件为全世界所叹惋的空难事件。但蒋浩已经决定不再抒情和哀悼,不再用陈旧的方式做出反应,他并没有把诗写成一出悲剧或侦探剧,没有一头栽进传统写作一元主义的深渊;而是将这套异常沉重、惊天动地的灾难话语编织为庸常生活里的"一个插曲",自己的生活依然在继续,经受着日常的变化和流徙,这似乎才是一支永恒不变的"主题曲",尽管它常常以无主题的面目出现。"插曲"不能代替"主题曲",它反而被吞噬和收编,成为手机屏幕上的一条新闻,甚至连震惊和悲伤都没有了。蒋浩同时也写下了诗的新闻,是关于写作的小道消息。诗歌从立体的面目又重新被舒展成一个平面,一座带有深度感情褶皱和造型的语言建筑(它情愿以紧握空间的方式抓住时间,留住时间),只让"一个插曲"轻轻一撞,就碎散成一把不断漏下的语言之沙(变形的空间还原了时间本来的模样:消逝)。诗歌在忙于构造各类有形之物的同时(比如面对各种事件和事物抒情),也必须掌握让自己保持沙化的自由和能力(任何看似要紧的事件和事物都仅仅是"一个插曲")。(张光昕)

杨政诗一首

杨政，1968年出生于上海，幼随父母迁居四川，1985年考入四川大学中文系，任四川大学文学社社长，发起四川大学生诗歌联合会，曾主编川大文学校刊《锦水》、民间诗歌报刊《中国诗歌报》《王朝》等，参与钟鸣、赵野、向以鲜创办同仁刊物《象罔》，是20世纪80年代末期著名校园诗人。出版有诗文集《从天而降》。其诗歌作品兼具当代与传统，坚守诗意与纯粹，诗评家唐晓渡赞其诗作"其思如霞云，用笔似刻刀"，著名诗人杨炼称其为"具有自己独特面目与声音的独一无二的诗人"。

忆南京

喇叭、细作、孤儿子、风中的碎纸片
那是我唯一的城垣，松滑、不切实际
仿佛为记忆所生，瓦砾上摇晃的野雏菊
噙着不属于它的露滴，那是我的，有关
未来的玄机，一天比一天沁暗了月影

1990年，卫岗，81路车吐出春天和我
还不够吗，都还在呼吸，生活在前进
归鸿声断残云碧——子虚君还在吊假嗓

小柏老师说，这些内心的小声音，至多
把斑鸠变鸽子，不如到废诗里砥砺天气

于是，农大楼顶，一席酒直接摆到末世
钱谦益扣着侯公子的背，贤弟，且望气
时局是一把乱牌，这草长莺飞的江南啊
农时稼穑祭祀方是天，觑不破就是死门
金陵黯淡，残照里，瞧钟山泣血的死样

吃！打横作陪的体育老师，夹来素鸡
今晚我睡他的铺，他漏夜奔赴某个密约
我总狐疑，他是来自小柏诗中的人造人
夕光将他隆起的臂膀与远山勾成重峦
这是那年最硬也最软的景像，我的俊友

望气？而我正望见骨头缝里刮起的风暴
摇撼四肢百骸的空痛，沦为时间的痼疾
当暮云退无可退，风真会念动它的魔咒？
且看他们挤在一隅，挖坑、填土、焚迹
牧斋，吃酒！失色的江山正好用来颓废

小柏长亭相送。一切皆遥远，小心烛火
此书信两封，万不得已去找少秋、世平
分秒都是现场，时代需要叙事而非抒情
变生肘腋最恨环佩空归，活着，活下去！
禄口机场，不知所终的航班，开始登机

选自《作品》2015年5月号

评鉴与感悟

《忆南京》是当代秉具对话气质的诗篇，非同寻常。唯有对话气质能让当代诗脱离后毛时代。看天下诗坛，全是权势腔吹捧腔。大家还不给点脸色。故杨政此作当为破局。诗中小柏即柏桦君，小柏诗中的人造人，极妙，妙在那体育老师本不荒诞，却因了小柏反陆离了。这是作诗的一种特技，隔叶空好音矣，犹如武弁隔了沙袋打死人。此作还有一微妙，即钱牧斋的出现，此君乃中国逸民中之伟大者，正好半世纪来陈寅恪、余英时诸公与专制社会的代言人有过一番怒骂，故不可小视。吃酒让人想起鲁迅所言，日本那边已杀了人，这边还是唱歌的唱歌，跳舞的还是跳舞。此作最可敬的是，自简体中文诗以来，汉唐风骨俱无，而杨君此作却披斩下来，露了不少逸风，此又冰冻三尺非一日之寒矣。（钟鸣）

朱怀金诗一首

朱怀金，1969年生于南阳，1991年毕业于北京交通大学，先后任教师、记者、编辑。作品散见于《诗刊》《诗神》《诗选刊》《诗歌报月刊》《星星》《诗林》《诗潮》《山花》《莽原》《飞天》等。部分诗作被翻译为英语、韩语、泰语、世界语。中国作协会员，现居洛阳。

过黑石关又益家窝渡口

蛰伏的渡口，在你到达之前，
就已经设定好了前提。黑石关一直在等，
那个行者，携带消息的扁舟，
仍在落满杨花的虚构笔墨里。

那个黄昏在等，无数个的黄昏
成为你的唯一。那片烟岚、雾霭，
还有你看不见的哑巴太阳，极有可能，
被精细的鸬鹚，直直飞破。

黑石关是黑的，渡口你看得见吗？
一头牛过去了，拉动犁铧翻滚的政治。

屏风里，有你惦记的和丢弃的。词语的转折、停顿，
空悬着节制的鞭影。

他们过去了吗？系舟或者不系？
鸬鹚吐出了嘴里的鱼。是的，
它咽下了更小的，小到一个眼中的盲点。
小到洛阳宫里，一场卡脖子写作的
终结。

选自新浪"怀金1969的博客"2015年5月18日

评鉴与感悟

石关、渡口、舟等都是具有古典美感漫游词汇。乍一读，似乎这是一首旅行诗或漫游诗，但诗人一开始就对"旅行""漫游"等容易烂俗的所谓浪漫主题保持警惕。他努力扭转诗歌的字面意义，当读到下列句子："落满杨花的虚构笔墨"，"词语的转折、停顿，/空悬着节制的鞭影"，我们就明白，诗人想把对景物秩序的发现和命名，转换为对诗歌秩序的组织和锤炼，让关于景物的沉思，变成对写作本身的思考——"一场卡脖子写作的终结。"（颜炼军）

帕尔哈提·吐尔逊诗一首

帕尔哈提·吐尔逊，1969年1月生于新疆阿图什，1989年毕业于中央民族学院少数民族语言文学系维吾尔语专业。1989年开始在新疆维吾尔自治区群众艺术馆工作。2011获得中国文献学博士学位。1980年开始从事文学创作，出版过中篇小说集《弥赛亚的荒凉》《情诗一百首》、长篇小说《自杀的艺术》等。作品被译成英、韩、阿拉伯等文字。

女人

女人啊，女人！
你就是创世之前在黑暗中荡漾的那个原始水。
你就是以天堂为代价换来的最初的领土。
你就是男人与死亡交换的第一个俘虏。
你就是因罪恶和痛苦而变得更美妙的欢乐。

女人啊，女人！
人类仅仅为了你而失去了天堂，
得到了生命之痛才感觉到自己的伟大。
从此得到的并不是女人
而是血色露酒下沉淀的醉意和妄想。

从此，女人的肉体
就像呓语，就像邪念在黑暗深处隐藏。

女人啊，女人！
你那处处圆形的肉体就像一个永恒的迷宫，
废除了所有的哲理和逻辑
赫拉克利特说过：人不能再次踏进同一条河流
但是，在你的肉体里
在不同的时代和不同的地点
男人穿过的永远是一条河，
至今在炉子里燃烧的
是你从七头妖魔那里借来的那把火种。

女人啊，女人！
犹如奴性摧毁理性
我们把疯狂当作一面旗帜
让思想在你脚下像尘土一般飞扬。
我们让有头的低头，有腿的下跪[①]。但是
一切占领、一切掠夺、一切权力和一切战争都是假象
暴力仅仅是一种手段，好让女人
感觉到男性的魅力
大男人主义、对女人的鄙视和暴力的崇拜
其实都是男人交给女人的无条件投降书。

[①] 引自维吾尔古代史诗《吾古斯汗》。吾古斯汗用词句表示他已征服全世界。

选自新浪"买买提敏的博客"2015年5月11日

评鉴与感悟

这首诗采取了极端的语调,通过诗句近乎粗暴的复沓达成。诗人似乎用了一种让人羞赧的言说方式:以"女人啊,女人!"作为复沓句。而且"男"和"女"作为对立的词,反复在诗歌中被击中,像密集出现的鼓点。当我们质疑为何这样去写时?其实诗歌已经在以它自身反诘了质疑:如果处境就是这么让人难堪,这么粗暴呢?女人,阴性,边缘,阴影,一切以柔软孕育与滋养我们的事物或美德……它们都在被以"男人"隐喻之的暴力、强权、武断、主流等压制与掠夺。上善若水,水即孕育者,即阴性。诗人对"女"词之维护,尽管稍显粗暴,却也酣畅淋漓,直接给了"男"词一个截拳道:"其实都是男人交给女人的无条件投降书。"(曹梦琰)

朱朱诗一首

朱朱，诗人，1969年9月生于江苏扬州。

给来世的散文
——致一位友人

I
也许，中国仍然保存在外省，
尽管那里的地平线上也已经大楼成群，
商店用扩音器兜售欧洲品牌的尾单，
旧花园的最后一块砖被孩子
攥在手中，树叶锈蚀在窨井盖上，
痰离垃圾箱的门只差半寸。

但是有一种被剥光的安宁
徘徊在裁缝铺窗前，潮湿的床单
仍然在空地上和柳絮共存，茶馆里
大铁壶的嘴冲淡了现实的霾，
新茶照例兑老故事；方言的腭
仍然发达，为过境的潮流寻根问祖。

II
梅雨为幔的窗,好过一把伞
撑开时齑粉四散,光秃的柄
栽种进天空,往事全都失重……
这里,慢是一种胶粘剂,也是病;
你苦涩的舌苔,早已养成
一种为拖延症而道歉的习惯。

自我的羊角每扎进一小截篱笆,
后退一步就需要花费数年。
手指变得和父辈一样焦黄,
内心的火山兑换成一截截烟灰:
"语言,假如是一根柳枝,必须
栽在路边生长,否则就只剩鞭子的功能。"

III
书架上,过时的萨特紧挨福柯,
弗洛伊德,忍受着对面的纳博科夫
随时发作的讽刺。萨义德来了,
一批吉卜林式的作家不得不逊位。
李煜的全集薄如蝶翅,绕过
沉郁的杜甫,飞入不同版本的庄子。

厌倦了从首都来的文化贩子
在讲台或酒吧里高谈最新的译著,
但总会不放心地来到书店:万一
其中有一句话是对的……尽管再没有
一本书,能让自己瞬间变回包法利夫人,
对着镜子说:"我终于有了一个情人!"

IV
周末,铁定地属于女儿,听凭她
将自己牵往另一种童年:钢琴课,
冰淇淋店,过山车或演唱会;
晚餐后将她送还到前妻的别墅前,
让小手留下的余温陪伴归程,
途中,一片废弃的厂区里林立的烟囱

让你想起自己被乌托邦一再地路过,
被当作播下的火种自生自灭;冥冥中
犯下的错,就像少年时贪看
山中的棋摊,回家后发现父母不在,
兄弟已老,砍柴的斧头已烂……
该怎样相信神话中有过自己的位置?

V
仍然会有人成为本地的象征,
经历漫长的漂泊后被葬礼迎回家,
悼词不吝赞美,而且充满讹诈——
只有那盒冷却的骨灰知道
这身后追加的尊荣,从不曾
在生前给予过一缕火苗般的温暖。

意志,如果再缺一点钙,就可以
活得很自在。在偏僻的酒桌上久坐,
也会被动地成为官员和土豪的朋友。
多少史料在解禁后热衷于表态:
革命者和商人从来都走得那么近,
即使是被砍下的头颅,也需要棺材。

VI
山尖修葺一新的寺院里香火
有多么旺盛,就意味着城中的
生活有多么空虚,华灯稠过了血
但每个人心底的那杆秤漂得比浮萍还要远;
再没有一场老友的聚会,不是在
相互取暖中滑向粗鄙与势利。

一种思考的重,常令电梯多降一层,
就像书房里再添一本书,整幢公寓楼
就会垮塌。午夜,翻阅着青春期的
通信,你的眼眶里溅出这一代的泪水——
让一只烟圈里幻化的须弥座
重回地面,需要多少人作为台阶?

选自朱朱豆瓣小组,2015年1月16日

评鉴与感悟

面对中国式的意象垃圾场,诗人在标题中就告诉读者,他是在写"散文"。"散文",意味着失去乌托邦凝聚之后枯燥的日常状态,意味着"内心的火山兑换成一截截烟灰",意味着构成乌托邦的各种知识材料,都已生锈,意味着再没有一本书,能让自己瞬间变回包法利夫人,对着镜子说:"我终于有了一个情人!"诗人要把后乌托邦时代,后工业社会的种种"散件",各色无聊,转为词语,组装成诗句,自然要坚定"反诗"决心,才不失诗之别趣。但诗人同时又意识到,这种写本身可能的无意义,因此,他说这是写给"未来"。

(颜炼军)

西渡诗二首

西渡，1967年生于浙江省浦江县。毕业于北京大学中文系。毕业后长期从事编辑工作。大学期间开始写诗。著有诗集《雪景中的柏拉图》《草之家》等多种作品。

我们是古老的孑遗物种

我们是古老的孑遗物种，日渐稀少
漫长的进化史，褪去了我们的甲壳
鲜红的心裸露在空气中，等待呼吸
对另一个人的需要使我们变得软弱
卡夫卡说：最小的障碍将会粉碎我
我们随身携带着粮食，爱情和花园
而强者纵横天下只携带斧头和锤子
他们挥舞斧头开辟道路，锤碎花瓶
大步跨过满地的碎片，丝毫不在乎
我们随后来到，长跪在碎片的中央
痛哭，不知如何安慰这破碎的世界……

我感到自己就要沉没……

沮丧的漩涡有时把我裹挟，我

感到自己就快要沉没，永远地
没入汹涌的波涛。四肢越来越
无力，意识一点点从头脑消逝。

我多想像教徒一样祈祷：上帝啊
拯救我。但某一种骄傲让我保持
缄默。无边的黑暗中，我转向你。
我向远方呼喊：亲爱的，拯救我。

一个人如何拯救另一人？谁相信
海水退去，大陆复现，又见太阳
竟是你的号令？有光如梦之重醒。

生活多么让人绝望。哭笑无端
走在鬼语啾啾的荒野中，我心
如焚，唯你的灯伴我一路前行。

选自《飞地·批评之镜》第10辑（张尔主编，海天出版社2015年5月版）

评鉴与感悟

一切精神的疼痛似乎都根源于对生命的阿喀琉斯之踵的觉解而又无能为力。这也就决定了西渡在观照自身，甚或人类时，经常由于卡夫卡式的清醒而痛苦于"粮食、爱情和花园"被粉碎，无奈于"不知如何安慰这破碎的世界……"，绝望于人不甘于在宗教的庇护中生活，却又无法得到"另一个人"的拯救。而对人类自身的怀疑使得这种悖论性的困境成为一个死结。诗人只能在"鬼语啾啾的荒野中"借助虚幻的灯光得到徒劳的安慰。精神的两难处境造成了孤独、忧郁、绝望与找寻、漫游和哈姆雷特式的犹疑之间的撕扯，从而表征了当下令人焦灼的时代情绪。这是当代诗人必须面对的，也是必须承担的，当然也是充满难度的。（景立鹏）

森子诗一首

森子,黑龙江呼兰人。著有诗集《闪电须知》《平顶山》,散文集《若即若离》《戴面具的杯子》等。与友人创办《阵地》诗刊,与人主编《阵地诗丛》。现居平顶山。

月平安桥

村庄滚动结荚期的眼眶,沉睡多日的石头
滚出水稻
雨季过后翻滚的城乡——从涡流发动机中
吐出血丝的石榴
不要多心
分配神的工作
当你开车路过月平安桥

如果月亮安好,仰头的新生就有一个站点
吸吮的奶嘴
就有一个大海的胸脯
不要太多起伏
也不要无波折
停顿就像吃饭一样高于请客

群山滚动绿色的祖母,草坟滚动坟里的亲人
和失去的嘴唇
雨季转动缺水的城乡——从魔方中
找出陌生的面相
不怕无见识
怕的是真理没有姓名
如果你开车路过月平安桥,不知道该做什么
"去,给月亮安一个银把手。"

注:月平安桥位于河南省鲁山县城至尧山镇之间,沙河上游的一条山溪之上。

选自《青海湖》2015年8月"诗歌节专刊"

评鉴与感悟

"在路上",是新诗史上许多佳作善于表现的题材,越来越快的交通工具让人重新调整与周围世界的关系,诗人也借此修正了旧有的目光,建立起新型的视野。月平安桥,当你说出这个安恬的名字,你就被注入一次词语的经验;当你开车路过这段半空中的路,你将获得一次月亮上的漫游。在诗中,森子为汉语开启了一种魔方般的速度,它没有明确的方向,也无需目的地,它就是行走本身。广袤郊野上的万千景状与飞转的汽车发动机相互押着复杂的尾韵,甚至差点惊扰了神的工作。"不要太多起伏/也不要无波折",这刚好是神指派给人去尝试的生活,如同一次行车的历程,也是一种写诗的体验:一种清醒的眩晕,一次必要的停顿。《月平安桥》见证了现代人行车时的出神状态,也让人重新认识趋于藏匿的自然。在这里,自然界开始骚动不宁,似乎都想跃跃欲试来讲述自己的故事,来完成人类无法实现的梦想。只有语言,才能为"月亮安一个银把手",找出它"陌生的面相",投入它的怀抱。月亮将成为诗人的座驾,他驾驶月亮路过月平安桥,也路过宇宙里更多幽深而无名的地带,那里一直收敛着人们渴望平安的心。(张光昕)

桑克诗一首

桑克,当代诗人。1967年9月生于黑龙江省密山市8511农场,1989年7月毕业于北京师范大学中文系,现居哈尔滨。著有诗集《午夜的雪》《无法标题》《泪水》《诗十五首》《滑冰者》《海岬上的缆车》《桑克诗选》《夜店》《冷空气》《转台游戏》《风景诗》《霜之树》等;译诗集《菲利普·拉金诗选》《学术涂鸦》《谢谢你,雾》《第一册沃罗涅什笔记》。作品获刘丽安诗歌奖、《人民文学》诗歌奖,被译为英、法、西、日、希、斯、孟、波等多种文字。

秘密

越来越不能保住自己的秘密了
越来越明显了
越来越多的显微镜与探照灯降临了

我早就料到了
我早就料到了我将站在第一道战壕里
我早就料到了我必须亲身体验什么是灰烬

潜伏的艰难已经可以忽略不计了
真正的秘密并不是用来保守的而是用来遗忘的

用来混淆或者捣乱的

使它复杂化而且带着纯真的笑容
而且必须让他们相信冰雪之中存在着温暖
否则为什么一个冻死者总是脱光身上的衣服

给费解的事物全都配上一个看起来合理的解释
仅仅是看起来
正如给秘密书写脚注的脸色一样

在档案馆的深处
关于风景的描写是铅笔和拍纸簿不能胜任的
是小说和纪录片不能胜任的

诗只能刻画一株杨树的局部
而且可能只是树干皴裂的局部
而且可能引起并不恰当的关于晚年之脸的联想

关于人的经验
关于在风景中赋予人一个位置的问题是怎么解决的
还有比例与蚂蚁的处置问题

还有密电码与接头暗语的设计问题
数学与语言学如何携手模拟秘密的敌人
而不是伟大的帮手

自相矛盾的帮手与敌人
对阴暗的渔网的理解总是超乎常人
超乎宁静的湖水和不平静的鲫鱼

守住一个根本守不住的秘密
只是为了一个必要的期限
以及在此之前能做多少就做多少的努力

选自《新知》2015年第8期

评鉴与感悟

正如本雅明所说，法西斯主义包含两个部分：法西斯主义和反法西斯主义。同理，秘密也包含两个部分：守住的秘密和守不住的秘密。关于"秘密"这个题材，以往绝大多数诗人的做法，皆以对"守不住"的克制去捍卫"守住"的尊严，诗人对"秘密"依旧守口如瓶，遵从着经典的二元思维（他们的语法是：我有一个秘密，但我不会说出它）。桑克对"秘密"的书写实现了一个小小的突破：关于"秘密"，根本无所谓"守住"和"守不住"。世界本身始终呈现为一个"秘密"，它的隐藏正是另一种敞开，只等待着有缘人的眼与心；说与不说，都构成一首关于"秘密"的诗；"守住"与否，全系庸人自扰。在洗练、洒脱、像盐粒般精纯的诗句中，在铺天盖地的细节中，桑克努力描绘出一种精神性的倒转：人们并非具有持守秘密的能力，相反，他们时时刻刻都被"秘密"盯守着，被身边那些无法解释的"鬼魂"缠绕着，人生就是一团团解不开的困惑（不是我有一个"秘密"，而是秘密之中存在一个"我"）。"秘密"永远是人的上级，唯有诗，帮助他们与"秘密"展开对话和搏斗；对于一个困守于生活的人，唯有勇敢地说出，才能让"守不住"成为一种责任，在艰难的述说中赢得一个人存在的尊严。（张光昕）

塔依尔·哈木提诗一首

　　塔依尔·哈木提，维吾尔族，1969年生于新疆喀什，1992年毕业于中央民族学院维吾尔语言文学专业。他是在当今维吾尔文坛有很大影响力的现代诗人。他的一些诗歌被翻译成英文在美国发表。著有《西方现代主义文学概论》（维吾尔文）。目前从事影视导演工作。

我的蜗居

这是位于城区偏东方向的
名字被贴在很多人记忆的
让人瞌睡的地方

我绝对坚信
鱼根本就不知道世界上有这么个地方
这地方还是有角的风的窝点

在这里我不会威胁任何东西
如果在我名字后面不加父亲的名字
我不如一块石头有意义

这是个有二十六栋楼的小区，我的蜗居在空中

我 老婆 两个女儿

像四个气球飘在半空

在这里
陷入沉思的墙
绝不听见邻家女孩学着狗叫的声音

在这里
无数的窗户就像卑鄙的观众
透过赤裸的漆皮在观看

我每天必须要打开的三把锁
我每天必须要脱下皮肤的四间房子
我每天必须要闭上的两只发红的眼睛

这里就是我的蜗居
我被囚禁在这里
我心里很清楚是谁囚禁了我

选自"西部作家网"2015年7月16日

评鉴与感悟

住在乌鲁木齐的诗人哈木提，把自己的家描述为一个"蜗居"，让人很容易联想到北京北部居住着五十多万人口的"睡城"天通苑。城市的面孔如此相似，城市里的人们，像石头一样被分配在每一扇彼此复制的"窗户"里。人蜗居在高楼里，深居简出，也囚禁在身体中，心为身役。蜗居着的人们，那么远，连身边私密的叫声都似乎充耳不闻；又那么近，每个人都住在一座透明的房间里，接受千万双眼睛的监视。在这位维吾尔族诗人简练的笔触下，困惑和忧心中透着浓烈的现代体验，也具有含蓄地批判意味。"我每天必须要……"这就是现代生活的交通规则，是每个蜗居在城市一角的现代人必须服从的口令，人类逐渐被他们亲手创造的文明所囚禁，被整齐划一地分配进那个属于他的编号里。最重要的是，他们从此失去了自己名字，被迫与父亲的名字分离。现代人忍受着蜗居般的生存境况，实际上却无可奈何地认领了无家可归的命运。（张光昕）

杜涯诗一首

杜涯,1968年出生于河南省许昌县。1987年毕业于许昌地区卫校护士专业。河南大学汉语言文学专业毕业(自学考试)。曾在医院工作十年,后离开医院,在郑州、北京先后担任杂志社编辑、文化公司图书编辑等职。现居家写作。12岁开始写诗,自1989年起作品开始散见于诗报刊。2002年5月应邀参加《诗刊》社第18届"青春诗会"。2006年获"新世纪十佳青年女诗人"称号。出版有诗集《风用它明亮的翅膀》《杜涯诗选》。2010年获刘丽安诗歌奖。2012年入选2012年《诗探索》年度诗人。

对远方事物的一次眺望

一定是某种原因使我来到这里
这里:飘忽的此世,或者我此刻站立的堤防
"此世"和"此在"彼此观映、照亮
就如我此刻正望着的远方
远方:树影,村落,旷野,山岚
它们是云霞的"那里",蔚蓝的"那里"
在所有的时光,"那里"都是芬芳,是"永"和"在"
那里,有一切事物的光亮
一切事物,都在自我的原因中到来

它们簇拥、分布、疏离、相爱
在被允许的法则和秩序中
组成了世界的辉光
在远处的云岚里，"世界之光"是事物的
心灵，是事物的信念、相逢、相拥：
一切的原因，到来，发展

旷野，总是在明暗里隐现幽微的寂光
它在远处的辽阔里连通有限的事物
连通更远处里的无限和未知
我总是在过往的岁月里眺望远方的事物
眺望那远方里的华光，广阔，芬芳
我想起短暂和永恒之物
人世的长河之上是不老的星空
有时我望着远方树丛之上的天空
远方山影之上的天空
那里，似乎有着某种永恒
有着某种永远不会消逝的常在
风，总从远处的树丛之上吹过（树丛摇动）
从远处的事物之上吹过
使那里的一切都发出光亮
天空，在辽阔的粉红里放送透彻的光明
我常常望着那里，逐年肃穆、神圣
某种来自那里的永久的教育使我成长
使我终致明白：事物之光不灭
世界的光辉从来也没有消失过

一叶障目的是我的限度
那时我年轻，怀疑歌唱、劳动、蝴蝶的飞舞
怀疑持续、到达、吹拂、摇动、雨、大地、生长

现在当我站立在堤防上，面向广阔的旷野
当我再一次向更广阔里的远方的事物眺望
我明白：那曾经感动我的一切终将欢乐、感动
我明白：我不比他物长久，却比他物拥有信赖
当我再一次眺望，向那更广阔里的远方的事物
向那树丛、云霞、天空，那远方里的永恒、光明
我明白：有一些存在会在风中永驻
有一些光辉永远不会从世界上消失、消散

选自新浪"杜涯的博客"（2015年5月15日）

评鉴与感悟

杜涯是始终坚持走"个人化"和"个性化"写作道路的女诗人之一。"忧伤""自然""故乡"是理解她诗歌的主要关键词。进入新世纪以后，杜涯逐渐走出自我沉吟的个人小天地，融入了对"众人""彼岸""无限"等人和物的沉思，诗歌境界也由纤细敏感变得大开大阖。《对远方事物的一次眺望》呈现出来的便是一个变化了的，成长又成熟的杜涯。"此在"和"此世"疼痛的"桃花"被移植到"彼岸"和"远方"，"远方事物"之光照亮"此岸"世界，并成为沟通"有限"和"无限"，"已知"和"未知"，"短暂"和"永恒"两个空间的桥梁，昭示了步入不惑之年的杜涯对诗歌境界的全新理解，"对于无限、永恒、终极、光明、对于未知和不可名状之物的醒悟、探查与先觉，对于宇宙空间及宇宙精神的认知、领会、触探、抵达等，所能达到的最高程度，或曰极致……"（杜涯《诗，终止于境界》）在诗人看来，"远方"是必须存在的，即使无法真正抵达，也要永存于内心，"是的，远方，我依然朴素地需要远方"（周庆荣《有远方的人》）。需要远方的可能不只是"我"（诗人），还有我们。（范云晶）

冯晏诗一首

冯晏，当代诗人。出版诗集《冯晏抒情诗选》《纷繁的秩序》等多部，诗歌作品被收入《中国新诗百年大典》等国内外百余种诗歌选集当中。先后获《十月》诗歌奖等多个奖项。诗歌作品被翻译为英语、日语、俄语等多种语言文字发表。先后应邀在华盛顿作家协会，瑞典作家翻译中心，中国人民大学，北京大学，南开大学，北京师范大学等学术机构进行学术交流、访问、演讲和朗诵。

新圣女公墓

脚步声轻与重，墓碑都容纳了
浮雕群，每一处刀法都是再现
你继续被生活放生，正走在蝴蝶中间
光线点亮头发，黑暗又被减去一寸

在野草与石碑空隙之间，静止
或者游荡，风——墓园的宠儿
是与非，被清风化为汁液
时间被吸光——黑豹的饮品，不远处

你找到了契诃夫。白色石碑

仿佛一只波斯猫,坐在野外
碑文雕花,藏在几束鲜花身后
护送四季远行,慢慢留恋

地心,泥土。穿透万物
对于灵魂来说,轻而易举
在契诃夫对面,《死魂灵》入口长满芳草
为了果戈理,特朗斯特罗姆用诗句
打碎过圣彼得堡,犹如打碎一只水晶玻璃杯

那只狐狸,一朵白云继续出没
墓园,土地就是夜空
沉睡者在地下,只听石头倾诉
如同倾听读诗。淡去,是一种真
仿佛魔法,仿佛空气

鸟雀划过蓝色,你需要的
是瑕疵化蝶,重塑勇士的骨头
光线穿过一只蚊子,在风中
血管透出波纹,是的,你需要昆虫
带上你的血,去空中转转

另一个角落,咖啡色名字
陷入夕阳,肖斯塔科维奇《列宁格勒交响曲》
低沉,回响伸向莫斯科街道。你听见
子弹穿过鸽子,哨音飞回历史

借此,你又认出一个青铜塑像
——波克雷什金,军服左上方
靠近心脏,英雄星章突起

是谁雕刻了战争？染红眼睛

接着，你右手遮挡夕阳，透过玻璃
黄色屋子内，柴可夫斯基
白色十字架正在发光，并瞬间
照亮你和世界。隔绝噪音与旋律
——他立了遗愿，安静属于他，你打扰了

你还是看不清放弃生活，都需要哪些
在这里，气息幽深而神秘
接近精灵。两个字就能给予——无限
逝者如石林，在空间站立，低语
无形无声，犹如宇宙——守护一种踪影

你耳朵贴近石雕，未必能听见
逝去犹如活着的声音。你弯身
听一根草破土，为证明
来生在地下微动。你献出了整个午后

放弃肉体，一根鱼刺，就是你要的词

身体因怕疼痛，冬季藏起关节
而在这里却不用，一片归宿
每一寸黄土，爱与愤怒都平息下来
在这里，直觉随处栖息
自由就是放下更多，除了基因

拿去吧，僻静。一群蚂蚁带杂念退回沙洞
戒律在小路上投下树影，"逝者如斯夫，不舍昼夜"

涅瓦河有一个梦中渡船
上周就停泊于行程列表——明天四点
舱内第二排座椅上,有一个人将是你
圣彼得堡时光——还在路上

在路上,你朝拜墓地,时间时而是相反的
黄昏闭紧一只黑喜鹊的尖嘴
或许,明天即将淋湿你的一场雨
正在这儿产生。你感知着

视线和嗅觉仿佛被忽略,有些可疑
然而,你更容易看清的是黑暗
而不是光辉。是的,在这个下午
并不需要清楚什么,你只需要感知

选自《汉诗》2015年第3期

评鉴与感悟

除了意念、信仰等存在于内心的想象空间之外,"墓地"是连接生与死两个时空,并展开对话的唯一现实场所。冯晏选择了兼具艺术美感与精神高度的"新圣女公墓"作为言说和思考场域,以"看"和"听"(而非"说")的独特方式向高贵的灵魂致敬,探知了生命的全新意义,在静穆中完成了与亡灵们的潜对话。"死亡"是神奇的涂擦剂,时间、黑与白、善与恶、是与非、爱与恨、平凡与伟大都终会归零;"死亡"又是神奇的"造影剂",逝去的生命会以其他方式延续:艺术的、精神的、灵魂的,甚至是有生命的一切,比如风、雨、泥土、蚂蚁……面对死亡赋予生者的诸多恩赐和启示,执着于死亡背后的是非对错毫无价值,"并不需要清楚什么,你只需要感知",聆听依然鲜活的各种生命之声就已经足够。(范云晶)

池凌云诗一首

池凌云,1966年出生于浙江省瑞安市塘下镇北堡村。中国作家协会会员。1985年开始诗歌创作。出版诗集《飞奔的雪花》《一个人的对话》等。

寻找一间打铁铺

无数次,我在夜色中匆匆上路
寻找一间打铁铺。
我走遍一条条大街小巷
寻找那被熔化的铁,那奋力
高高举起的大铁锤——

无数次,我从变旧的日子中出来
四处寻找一间打铁铺。
我猜想,总有一些铁匠守在炉边,
吭哧吭哧地拉动风箱,
把通红的炉火烧得更旺,
让火光冲破沉闷的黑夜,
像一种爱抚,穿破黑暗。

我一开始很兴奋，披上一件单衣上路。
我在路上疾行，脸上泛起红晕，
后背出汗，两眼捕捉楼宇和旷野中的光。
我每天出门，都在寻找那间打铁铺，
直到一个又一个寒冬来临。

我最终没有找到它。我的两眼
因漫上泪水而看不清道路。
但我知道，就在某一处
一定有一间打铁铺隐藏在那里，
铁匠们在用大铁锤狠命敲打烧红的铁器，
那火红的解冻层
原先是铁浆，后来露出锋刃——
一把刀慢慢成型。

选自《读诗》2016年第1期约稿

评鉴与感悟

现实生活单调、软糯、温吞、乏味，人的棱角和个性被日常和平静一点点磨损（磨蚀），直到"你"变成"我"，"这一个"就是"另一个"。诗人池凌云看到了这样的事实，所以走上了寻找个性和激情、生命力之路。"打铁铺"无疑是这首诗歌的"核心意象"。隐喻着隐藏于现实生活秩序中的一个具有独特性、破坏性、生命力、高热度的空间。铸造和淬炼铁器的过程意味着破坏与重建，平庸琐碎的生活和日益磨损的个性需要这样的过程，需要硬质铁器的介入，哪怕它是破坏力极强的，甚至是灼人的。尽管最后没有找到，但是诗人始终坚信那个并不宽敞的狭小空间存在，"但我知道，就在某一处／一定有一间打铁铺隐藏在那里"，它可能存在于现实生活中某个不为人知的角落，当然也可能存在于每个尚未麻木的灵魂深处。（范云晶）

秦晓宇诗一首

秦晓宇，诗人，诗话作家，诗歌评论家，生于1974年，内蒙古呼和浩特人。1997年毕业于天津大学工业工程专业，现任北京文艺网国际华文诗歌奖评委。出版多部诗集、专著并与诗人杨炼、英国诗人W.N. Herbert 共同主编《Jade Ladder——Contemporary Chinese Poetry》（英国血斧出版社）。

月岩记

中国梦梦，鼻亭神毁之晚矣；
动而生阴的女崴井
凉薄着你我。山喜鹊

忽悠飞来，又飞去。
耐火、超萌的木荷，厚革质大V叶
冬至前，像一枚枚寒蝉。

山联着山，远仄近平。
那些彼岸，不过是对岸。

那些江湖，有移蟹之怒。

再快些，一步一阶级。
坚石非石的绝壁
刺刻着"万山深处""枪支迷药""风月长新"。

霾月在天；乌月在岩。
上下两弦的转折中，落下非雨的水滴。
那些月相尽在游走的恍惚中。

周敦颐在此，五性感动而立人极；
徐霞客宿此，从岩石上遍历异境；
洪秀全过此，目击兵车战阵。

而你我从此读出一首奇形怪状的纯诗，
指涉人间的广寒宫，和一个无极之真的时代里的
中国梦梦……

选自秦晓宇诗集《长调》2015 年 3 月 1 日

评鉴与感悟

晓宇是非常出色的当代文化诗人。文化诗人自然有激活传统的责任和雄心，但并非所谓的复古诗人，也不是在诗中突然冒出几个古旧词句的诗人。文化诗人关心的是传统文化的当代处境，他力求呈现古今文化的演变轨迹，并能做出独特深入且有针对性的思考，甚至还能预示其运行前景。一个不能将传统文化纳入当代现实的语境中加以观照的诗人至多是伪文化诗人或伪古典诗人。从艺术表达上来说，成为文化诗人需要敏锐地把握写作对象的文化诗意，并把它们转化为诗歌语言。（程一身）

张尔诗一首

张尔,诗人,策划人,出版人。主编《飞地》丛刊,并创办"飞地传媒",专事文学与艺术出版计划。著有诗集《乌有栈》《六户诗》(与人合著)。

依旧

即使相逢间取暖也依旧唇齿冰寒

当万物深陷宇宙黑色深渊的一瞬
也依旧提起一盏孤灯
你的车轮辇过锐利城市飘渺公园
芳香且呛杂着橡胶与尾烟的浓烈
你们在暗房冲洗相片
将簇新的某张高高挂起逼向坠落
坠向冰凌告急的悬挂如你的发卡
你黑色的发瀑被紧束
被拧散,像束紧时间发条的指针
倏然倒转,像记忆逃脱无边苦海
那失眠的孤盏近前你们相拥,吻
涕哭,吻,你们吻绿茶之杯,之

边缘，吻隔夜的唇痕你们仍哭泣
依旧是夜半兀自扣摁键盘的一刻
银镯暗涌黑色的病斑
那些无端由病变阻隔的蹉跎往昔
经由电路删除格式的词语与日历
那些痛逝的时间之殇
侥幸由诗来完全地储存它之魂魄
它之不幸。闭阖的楼群不为所动
气流起伏，你爬上了你们的肩膀
趴向那凝固的骨头与骨头的裂隙
之间，埋头，叹息，动容，哭泣
紧闭的道路于是为你洞开，于是
你看见，大地上有你的一枚华发
蜿蜒如你们要奔命匍匐而行的路
那细如发丝之路你们终将要踩踏
依旧如履坚冰，如有原始的诱惑
你们依旧，一如唇齿冰寒的从前

选自新浪"张尔的博客"2015年8月29日

评鉴与感悟

在某种意义上，张尔的诗从一开始就进入了高难度的写作，让现代汉语重获了音调上的庄严感，他对一切轻而易举完成的作品不屑一顾。在这首《依旧》中，抒情和叙事已不再重要：现代生活里的抒情已索然干瘪，写诗是个尴尬的活儿；现代人群里的故事已超乎想象，文学不必虚构就足以撼人心魄。《依旧》是一项形式实验，也是一套气韵的保健操，这本身就浑然天成为一则收放自如的生命故事。诗人反复吟咏着"依旧"，但绝非在保守的路线上学习前人那样写出"依旧"，而恰恰是在反"依旧"的意义上，在一条"细如发丝之路"上独自完成一系列高标准动作，并最终能够自信而豪迈地说出整首诗的诗眼："即使相逢间取暖也依旧唇齿冰寒"。（张光昕）

沈苇诗一首

沈苇，1965年生于浙江湖州，大学毕业后进疆，现居乌鲁木齐。著有诗集《沈苇诗选》《沈苇的诗》（维汉双语版）、《我的尘土·我的坦途》《在瞬间逗留》等七部，散文集《新疆词典》《植物传奇》等五部，评论集《正午的诗神》等两部。获鲁迅文学奖、刘丽安诗歌奖、柔刚诗歌奖、十月文学奖、花地文学榜年度诗歌金奖、华语文学传媒大奖、李白诗歌奖提名奖等。

死者从未离我们而去

死者从未离我们而去
在葡萄叶和无花果叶
漏下的星光里入座
寒暄，垂首，低泣

他们随流水和尘埃迁徙
用风，采集草尖的战栗
一大早在花丛中睁开眼睛
提醒另一些假寐的死者
还有值得细赏的"人间"

有时在乌云和白云之间
演示雨水的慷慨
雷霆的震怒
有时用一株闪电
扎根惊叫四散的人群

在清明节和忌日
他们坐在我们对面
默默饮酒，吞咽食物
或者亮出一把长刀
切了西瓜又切甜瓜……

选自新浪"我们西部的博客"2015年8月23日

评鉴与感悟

沈苇是长住新疆的诗人，见证和经历了许多与内地不同的事情。他在葡萄叶、无花果、星光、草尖、花丛、乌云、白云、雨水中感觉到了死亡的无处不在，让人想起老杜名句"感时花溅泪，恨别鸟惊心"。诗人要命名这隐晦的、无边无际的死亡，却担心某种忌讳而不能直接说出，好在，诗歌向来有"顾左右而言他"的本领，因此可以表达我们面对与死亡的沉默、遗忘，进而战胜沉默和遗忘。（颜炼军）

雷武铃诗一首

雷武铃，湖南郴州人，北京大学文学博士。现在河北大学教书。

和铁军巨文在晋豫陕间的黄河北岸

在高高的黄土断层的腰间，像礁石伸入大海
这桌面般平整的长条土崖把我们托向三面凌空：
左边是深谷，树林茂密，右边也是；
前边峭壁下露出一点树梢，也该是树林。
广阔前方的天空下，黄河谷地如画卷般、一览无余地展开。
微白的河水，从右边极远处东来时从南朝北弯曲
形成一个巨大的弧圈，那大片河滩地
浓厚的玉米绿，那么远也能看出它的肥沃。
河水到眼前时离我们最近，然后东流时朝南弯曲，
在南岸的顶点再转身朝北，形成另一个圆弧。
辽阔天空之下，一个完整的巨型S就这样在大地上完成。
这段河面宽阔，河中的沙洲，有的已成绿色，有些
只露出一条鱼脊背一样的浅黄线，断续前伸。
右边两条成规模的绿色沙洲，把河水分成几条沙地间的水道。
东边有一条更大规模的沙洲，刚被绿色覆盖。
河南对岸，深绿色杨树后面是大片田地，

田地后面是低山，低山右后边，一道淡淡的远山，人们说那是华山。
河弯曲处一条河汊朝西北伸延。一条小船在那
离河岸不远的地方朝东移动。很慢，但终于不见了。
六月的薄云天铺向南岸的远山，笼盖河谷东西上空。
在这可以媲美毛主席当年抽烟照相的黄河边，
我吃完最后一个桃子，觉得还应该做点什么。
比如吸根烟什么的。巨文提议我就这么做
但我还是拒绝了。于是，我什么也不做，
只是坐下，悬空听四下的鸟鸣。
喜鹊的喳喳声构成一大片。一只布谷在河滩耕地某处叫，
让人怀疑是在对岸，听到的只是它的回声。
身后土崖高处一种类似鸽子的咕咕声，
我猜野鸽子，铁军认为布谷鸟的变种。
一只野鸡在我们脚下的林子里
隔一段时间，就大声地短促地叫两声。
还有一种轻轻地嗯—嗯—嗯的鸟鸣
（下到河滩玉米地，我们又听到这种连续的叫声）。
还有一种比蝉声粗糙的鸟叫，细碎的麻雀声。
左右山谷有时传来清晰的白头翁的叫声。
有两只鸟，叫声粗粝诡异，一前一后从我们身后
贴着黄土断层的高处飞过。
能听到马达突突的声音，安静时感觉很远。
能听到河滩修路的工程车倒石头时铁石碰撞的尖锐声。
有时声音汇集，很热闹。有时声响都停了。
微风轻吹，雾气蒙蒙。我闭上眼睛，
感到身在空中，四处的声音都在朝我汇集。
有一刻，我听到他们俩在低声谈农业，种地。
然后，突然发现，他们正在跑动，四条腿
在我眼前乱晃，四只脚踩踏干燥黄土的声音非常响。
他们在搬大土块往下砸。又拣小土块朝远处扔。

这俩人笑得跟小孩一样无知。最后我实在忍不住了
对他们说:你们俩真无聊!

选自雷武铃豆瓣小站2015年3月26日

评鉴与感悟 —— 在这首诗中,诗人展示给读者的是一个迥异于城市生存空间的自然乡土世界:充满喧闹和律动,充满生机和活力,充满大自然的声响。微风、绿草、深谷、树林、土崖、流水还有喜鹊、野鸡、野鸽子、麻雀,美得像一幅画。风吹树叶、河流、鸟叫、人与人的嬉戏,那些鲜活、流动、喧闹和动感的声音在敞阔的平原上被无限放大,"人"完全成了其中一员,只需忘却城市的负担和烦琐,享受和沉浸其中。"吸烟"和"突突的马达声"等裹挟着现代文明气息的多余之物已经远离,被压抑的初心以最本真和原始的方式释放出来,人重新回到未被规约、未被驯化的"四条腿"跑动的原初状态。(范云晶)

李商雨诗一首

　　李商雨，1977年生于安徽，2000年毕业于安徽师范大学中文系。读书期间，被日本古典文学的"物哀"和"幽玄"吸引，此后的创作生涯，深受日本文学影响。现在安徽师范大学新闻系任教。

铁雪

风硬。脸硬。日子散发着金属的光泽
在芜湖，不，在江南，雪有铁锈的气味

雪在说话。一个女人在练习钢琴曲
她的手指像豆芽，弹出的音乐很怪

水在池中。日语难解，女音。天空锡箔
铜兽在喷射液体。白夜是什么样的夜

铁雪。铁雪。他经历了苦难，所以
他只写身体，没有什么比这更合适的

选自新浪"李商雨的博客"2015年1月31日

评鉴与感悟

李商雨是一个拥有点石成金能力的魔术师，总是赋予笔下之"物"以灵性，并以全新面貌出现，就像这首诗歌中的"铁雪"。"雪"在诗人笔下，具有变化万千的魔力，时而有全新颜色（李商雨有首诗歌名为《绿雪》），时而有全新性格。《铁雪》中，诗人把"铁"和"雪"原本不同的两个事物通过思维的魔力胶粘合在一起，改写了"雪"的原本质地，由一落即化的"软"变得坚硬如铁，并加强了"雪"的原有特性，"铁"的冰凉加上"雪"的寒冷，"铁雪"变得异常坚硬、冰凉，借此有了言说力量和表达能力。"铁雪"有让日子生锈，也有涤净灰尘的能力。"铁雪"又像是某个人，只有这样冷硬性格和经受住"冷硬"困境考验的人，才有资格抒写有温度之物。（范云晶）

刘涛诗一首

刘涛,1971年生,祖籍安徽阜阳。出版诗集《边土》《草木这关》《木刻的诗篇》。曾参加第24届青春诗会。中国作协会员。现供职于《西部》杂志社。

草原

突然唱起二十年前的歌曲、
无意间暴露了我们的身份
所有食客抬头张望
像麋鹿张望远方的草原

但是草原并不完整
被吃得杯盘狼藉
好了,我走了
在草原上,理想还没有开花

歌声中,继续着我们的生活
天空还不曾放晴的夜晚
我走出黑夜,就等于走出自己
我继续着自己的歌声

草原，在歌声中饱食终日
草原，只剩下蠕动的嘴唇
身体中分泌大剂量的酸液
——在消化着草原

　　　　　　　　　选自《诗江南》2015年第5期

评鉴与感悟

在进入这首诗歌之前，"草原"的幻象或许是从"风吹草低见牛羊"的古老诗句中衍生而出：辽阔、孤独、苍凉、壮美、无垠。刘涛为我们呈现"草原"却此无关，或者说关系不大。在这里，"草原"更像是食客口中的"食物"，第二节中一个"吃"字把"草原"变成了饕餮之后的"残羹剩饭"，曾经迥异于城市空间的"草原"，如今同样难逃被消化、被消费的命运。"在草原上，理想还没开花"，承载着青春和梦想的"草原"早已成为历史和传奇。诗人的高明之处在于没有直接摆出生态问题，字里行间却又无不透露着这种隐忧。"麋鹿"意象富有深意，从某种意义上等同于"迷路"：草原之于动物是家园，更是维系生命的食物，人本应该高明得多，却也像"麋鹿"一样，抛弃了作为精神家园的"草原"，而迷失在"消费"的诱惑之中，"身体中分泌大剂量的酸液/——在消化着草原"。（范云晶）

吾吉麦麦提·麦麦提诗一首

/ 麦麦提敏·阿卜力孜 译

　　吾吉麦麦提·麦麦提，维吾尔族，生于1971年，没上过大学，当过纺织厂工人，著名维吾尔诗人，新疆作协会员。新疆各级维吾尔文报刊上发表过三千余首诗歌和散文，2014年5月，新疆维吾尔自治区作协授予他《对21世纪维吾尔诗歌做出杰出贡献的诗人》荣誉称号。出版有诗集《心醉的木卡姆》。

烛光

1
当脱去衣服，
我突然想写诗。
一个女孩在我心中的冰岛上
点燃一把火。
墙上的马匹嘶鸣，
窗户中是死亡的景色。
爱的钟表
敲打了深夜两点。

2
赤裸的梦在跳舞,
月亮如痴如醉地揪着头发。
爱不需要花朵,
女孩会在半夜醒来。
我把刺入胸口的假刀
扔到恋人的路上。
在杯子中蜡烛的照射下
罪恶正在发亮。

3
一个人为了把我杀死
正在到处寻找我。
一个女孩爱我胜过爱自己的生命,
在我的离分之愁苦中哭泣。
他们是我的整个生命,
我却不认识他们。
他们此刻互相相遇
在我寂静的荒芜的灵魂里。

4
烛光闪烁
飞蛾死去。
死亡仿佛是
爱的最后的活生生的真实。
在我充满爱的心中,
蜡烛燃烧了又熄灭了
没有剩下
任何属于现实的东西。

选自《雷公山诗刊》2015年5月（复刊号）

评鉴与感悟

这是一种能够给读者带来三重"惊喜"的诗作。其"惊喜"之处首先在于诗人身份和诗作本身形成的"裂隙"或"张力"。吾吉麦麦提·麦麦提是用维语写作诗人，从这首诗中却丝毫看不到地域和民族印迹。不管是原作如此还是译者的功劳，不得不说，这是一首比汉语诗歌还"像"汉语诗歌的优秀之作，摒除了所谓的民族和语言界限，只是专注于个人内心情感的细腻展现。第二重"惊喜"在于这首诗歌与当下汉语诗歌整体创作态势的裂隙。近几年在一部分诗人"扎堆"叫嚷着介入现实的时候（打工诗歌、工人诗歌等现象的集中出现是最为显豁的范例），吾吉麦麦提·麦麦提诗人呈现出来的却是与直接介入现实无关的"超现实"文本。第三重"惊喜"在于诗作内部的裂隙和悖论。诗人以时而清晰，时而模糊的"烛火"作为介质，借助上投射在墙壁之上的影像游走于现实与超现实，现实与想象之间，在一幕幕蒙太奇的镜头组接和拼接中，展现了似幻（梦境）似真的内心世界。诗人将"死亡"和"爱情"当作对称概念，言说对生命过程的独特理解，二者都是痛苦的，却又都是真实的。尽管在诗歌结尾处诗人强调"蜡烛燃烧了又熄灭了/没有剩下/任何属于现实的东西"，但内心真实何尝不是另一种现实？（范云晶）

育邦诗一首

育邦，1976年生。从事诗歌、小说、文论的写作。著有小说集《再见，甲壳虫》，有诗入选多种诗歌选本，著有诗集《体内的战争》《忆故人》，文学随笔集《潜行者》《附庸风雅》。现居南京。

不知迷路为花开
——谒李义山墓园

帝国的夕阳
远离炎热与骄躁
必然地获取了清凉自在
照映在回乡的阡陌之上
那些走向成熟的麦穗低头不语
那些打碗花摒弃自艾，悄然绽放
暮春的知了肆意鸣奏
根本不理会时代的忧伤

爱如流水，恨似浮云
它们不及饱含死亡的尘土
沉重，而又深远
在幽深的时光中

我们迷路
却又看不见花开

从空碧的山中归来
暮色已浸染白发
衣服携带着雨水与虚籁
天地之间，一叶扁舟飘摇隐现
梦醒时分
我们抵达了家族墓地
抵达了生命与泥土最密切关系的核心之中
请告诉人们
人类的一个微弱缩影——紫薇郎
在此沉睡
请不要把他从梦中唤醒

选自《雨花》2015年3期

评鉴与感悟

同样是把"墓地"当作与逝者对话的场所和言说空间，冯晏选择了异域（俄罗斯），育邦则立足于本土，返回古代，准确说是唐代，与古人进行了一场隔空对话。育邦以李商隐的诗歌《中元作》的诗句"不知迷路为花开"为题，借用了却又摒弃了原诗已有的隐喻意义（比如爱情）。抛开《中元作》的整体意蕴，单这一句来看，李诗中"迷路的原因是为了花开"，也就说"迷路的代价是为了（看）花开，"得失都在其中，育邦虽然挪用了这个诗句，但是表达意思却不同甚至相反，"我们迷路/却又看不见花开"，李诗中失去换来的得到在育诗中却变成双重失去。通过与先人的对话，抵达"生命与泥土最密切关心的核心之中"，涤除内心世俗的杂质，重回宁静。（范云晶）

杨震诗一首

杨震,1980年出生,湘阴人,写作,翻译,教学,现居昌平。

巴门尼德

——他说:存在便是永恒,不在的,始终都不在。

我分开空气前行
分开厚重的防盗门,安检门,
我拨开地铁里的上班族,
山上带刺的野酸枣,
林地里有毒的五彩蘑菇,前行。
我迎面分开狂暴的风,黑暗的湖水,
体内攒动的各种饥饿,高速路前方无数标签,无数真理,
亲人的期待,朋友的问询,
评比,竞赛,奖金,职位,
我拨开它们正如它们拨开我,
它们在我身后弥合。
有时我成功了,我移动,
挤走的人群如犁开的泥土分离
如赫拉克里特之河。

有时我必须站住
为别人让位，在无止境的高峰期
被夹在拥挤的、气味浓烈的实体中间，
一动不动地，移动！
我知道，若我存在，我便是永恒，
既然我不得永恒，我便不存在——
我的病痛，我的遗憾，我的爱
我所错失和渴望的，呵……
既然无法永恒，就都不存在！
你的亲吻也不曾存在
更何况你的眼神，那些伤害的话
被你扔出窗外的礼物
烧掉的信，格式化的硬盘，
自动取款机亭子里熬过的长夜
都不曾存在。
不只是期待中的欢乐不存在，
那终将过去的痛苦也不存在；
记忆中的你不存在，
被扔进未来的我也不存在。
我移动着，像一个幻影
在幻影中，
如果有物存在，他绝不移动
他能往哪儿去呢？
到处都是"你"，都是"他"，都是墙壁，
都是急切想要到来的伤害。
我不能走向你，你也不能。
如果我们曾在一起，就永远会在一起；
既然你会离开，曾经的一切也只是误会。
我们是两个虚无之间一片薄薄的幻觉。
你的拥抱并不存在，正如

你砰然关上的窗并不存在，
那些安静的湖水，
盛大的落日，厚厚的落叶
并不存在……

选自杨震豆瓣个人主页2015年7月12日

评鉴与感悟

这是一首语气强烈但语调克制的主观之诗。存在的客观性遭到了诗人的强力改写，在某种程度上，我认同这种强力改写和绝对判断：世间万物，如果"不得永恒""便不存在"。此诗的核心无疑是"我"与"你"的关系，诗人却把它置于充满竞争和压力的当代社会语境中展开。"我"与"你"显然是分裂的情人关系，分裂的情人还是情人吗？曾经的真实还是真实吗？这是诗人对客观现实进行主观改写的内在动力。在诗中，以"我"和"你"为核心的一切事实先是"幻影""幻觉"，然后是"并不存在"。我倾向于把这种改写视为一种转化，一种抑制，似乎只有这样才能消弭诗人因为爱而产生的丰富痛苦。（程一身）

肖水诗二首

　　肖水，1980年生于湖南郴州，先后就读于复旦大学法学院、中文系。出版诗集《中文课》《失物认领》《艾草：新绝句集》等。现居上海。

延误

醒来时，飞机已降落在梦的朽断处。全身酥麻，天气很冷。
西湖的波光中，被不断抛入面包屑与石子。玻璃门后发散而来
的光秃的太阳，对树冠的修饰，渐渐失去了控制。枯荷退还了
一些水面，他跳下去的时候，大概恰好能支起了所有风筝的阴影

选自新浪"肖水的博客"2015年4月12日

江湾

一天无雨。差不多两小时地铁，到东北郊。
弯曲的河道里看半天白鹭起落，然后一起数了数咬浮萍的鱼群。
手机里的脸，都是天青色的，废弃的机场上空仍有很多带光的弧线。
回程，他途中下车，坐在站台的铁椅上，风吹起行道树不断向后翻卷。

选自新浪"肖水的博客"2015年7月5日

评鉴与感悟

朽断的梦、面包屑与石子、玻璃门、光秃的阳光、枯荷、风筝的阴影构成诗人完整的情绪底色。而这阴冷的氛围，在"他跳下去的时候"得到了充满力量感的最准确的表达。在《江湾》中，本身充满浪漫的丰富性的意象中，也变成了失血的病人的苍白的脸，一切都在极度的冷漠中退回到词与物的本身。"他"是现代荒原上的幽灵，面无表情的飘荡，用沉默讲述着关于死亡的寓言。（景立鹏）

胡桑诗一首

胡桑，1981年生于浙江德清县。曾求学于西安。2007年至2008年任教于泰国宋卡王子大学普吉岛分校。2013年为德国波恩大学访问学者。曾获《上海文学》诗歌新人奖、北京大学未名诗歌奖、《诗刊》青年诗人奖。

长役

> 苦与乐其何言，悼人生之长役。
> ——鲍照

步入楼下的树林，我犹如一名远道而来的客人，
在浓郁的樟树、杨柳和水杉中穿过炎热，
想起与你的一次争吵，想起你微暗的身体。
停歇的云指向痛苦的核心，小区外面，桃浦河
扩展着宁静。有些事情来得那么突然，就像
祖母去世，飞机失联，游轮倾覆，化学品在港口
爆炸，就像你换了一部手机，立秋早已过了，
而我还停留在夏日。到底，什么是不可交换的？
什么是不可修复的？有人成为一只冷漠的台灯，
有人成为一个对立面。而我说：漫长，漫长。

一棵树教会了我如何占有旅行,路人窃窃私语,
我看着,倾听着,那耗费人的空气早已消散,
我们循环,抱怨,又推心置腹。我们沉默不语。

选自新浪"胡桑的博客"2015年9月1日

评鉴与感悟

人生之长役,有时不仅仅来自于痛苦,也来自于乏味,一种无限复制、不断交换带来的机械性的乏味。或者说,乏味本身构成了机械复制时代和膨胀的消费时代最基本的精神内核。而这一点也许只有当诗人作为"一名远道而来的客人"穿过"浓郁的樟树、杨柳和水杉"时才能感到。而当痛苦与追问一一打开的时候,诗人无奈地敲出沉重的鼓点:"漫长,漫长。"而这也就决定了,问题终究不会得到回答,即便"我"从一棵树那里学会了"如何占有旅行",终究会被路人的窃窃私语剥夺。一切重回原点,循环,抱怨,推心置腹,沉默不语……在这种沉重与敏觉中,我们似乎也可以看出80后诗人对当下生命体验充满肉感,更加沉实的回答。(景立鹏)

王西平诗一首

80后诗人,专栏作家。2009年以来从事诗歌写作至今获奖无数。并著有诗集《弗罗斯特的鲍镇》《赤裸起步》等。

和天空构成一种顶级绝望

月亮统治着投影,我一无所有
一滴水穿过人群,仿佛来自世界的雨
一支黄金派遣纵队
高举着它们的蛇形,滑过了丛草

我放弃了,这一日的"占有"
词语被浇上了冰激凌的灰白
一个人,以全部的腐烂对抗热爱
那决非果子,决非黑暗里表达的深层
决非果壳顷刻跌入花影的
晕厥

一路追随的绿植,覆盖着行程
三日,毫无意义,与宇宙轻微编织的星辰
多么相似

"我没办法把一段溪流变成楼梯"

现在,我站在水边
和天空构成了一种顶级绝望
我需要借助一枚镜子来释放这同等的
记忆

那些患上了安提阿哥的疾病
和安插着干枯花朵的马口铁罐
一切因潮湿而集体发生着念想
那些关于火焰里的盐味和棉花里的蓝
多么相似地,投向了糖水翻转的胶片

是的。我终于瞥见穷人的语气里,布满了
黑色的相框

选自新浪"王西平的博客"2015年10月10日

评鉴与感悟

空间感,取决于我们衡量自身与万物的那个尺度。从古典汉诗到现代汉诗,对绝对生存空间(比如天地、宇宙)的思索与言说,一直在进行着。而"绝望"无疑是这个言说系统中的关键词。"我觉得他们好像从古来/就一任眼泪不住地流/为了一个绝望的宇宙。"(冯至《原野的哭声》)这种绝望,诗人王西平称之为"顶级绝望"。本诗中,"顶级绝望"被指明是:"我站在水边/和天空构成了一种顶级绝望"。如果"构成"的是一幅画面,岂非"我"也入了画?诗人说:"我需要借助一枚镜子",要突破这个被构成的"顶级绝望",确实需要另外一个维度的引入。然而镜子的出现似乎让一切变得更迷惑,它不是绝望的突破口,尽管可能会缓释些什么。正如第五节中,生命的迹象与生命的衰败同时出现,但是感觉依然在镜像的相似性中打转,无力突围。(曹梦琰)

严彬诗一首

严彬，1981年生，湖南人。2008年3月加入凤凰新媒体，主导创建凤凰网读书频道并任频道主编至今。

这是一个繁荣的时代

她推开窗
我选择的时代就在外面
我的同伴住进为民新村
和我一起吃饭的人
变成大人物

如今月光多么好
我要说到的地方拥有吊兰
人们在街上走来走去
金虎餐厅的营业时间又延迟了
现在是晚上

我选择的时代进来一个青衣女人
小说家沉迷于叙事
深夜的敲门声响起

被带走的人越来越少
国王学院的天文教授以与人绝交为生

选自严彬豆瓣主页 2015 年 9 月 25 日

评鉴与感悟

跟"繁荣"形成反讽的是：其中人与人的距离，时间的延迟。跟"繁荣"形成对峙的是：其中人们沉迷于某种事物，和更多的人与事绝交。人拥挤在时代中，却只是某种意义上的"少"，只成就了某种意义上的"绝交"。时代的繁荣何在？它在窗外，窗户被一个人称上更遥远的"她"推开，这一切似乎都在透露心的疏离，如果身体不得不深陷其中。有了"月光"和"深夜"，就有了事物的另一面，繁荣的阴影。（曹梦琰）

徐钺诗一首

徐钺,诗人,小说家。

在和平年代(节选)

II
钟声响了。雪和文件已经签署。
我们从党委办公室紧闭的门外走过
在看不见的眼睛下离开
这生活。握着我们尚未交出的东西。

带着过去,我们走向那不断脱落
它们过去的生命的树。暮光的树冠。

你还记得这城市。远方渐次点亮的空旷
不远处:生着冰的皱纹的湖。
你突然伸出手——抚摸
那落在湖边新漆过的门上的影子。

你抚摸过的那些地方：那轻薄的窗和台历
那蜘蛛的网，白色的幼虫
那在外祖父的书桌上落满的灰尘……
你记得它们
尽管当你呼喊，无人认得你。

你走在从黄昏到夜晚那熟悉的街道上
像幼时在父亲的自行车后座上。
街灯过晚地亮起，饥饿在你紧紧抱住的冬衣里
像种子，在二月的土里抱着融化的声音。

而我走在从黄昏到夜晚那熟悉的街道上，像自己。
我提着饥饿走向小酒吧旁的商店
那个认得我的妓女在路边站着，扭过头去
把还剩大半的纸烟掐灭。

但我们还握有硬币。我们还握有足以购买睡梦的银子
那黑暗的典当，——你没有看到吗？

夜晚安详的城市。我们就将忘记
雪曾升起，野兽曾在破败的城墙内部安息，而岁月
——那苦的，曾经把你我放在它灰色的水里。
月光拨动二月
擅长结网的老人数着他们的寿命；
此刻，他们说："和平"。

此刻，硬币在妓女手中翻转它柔软的眼睛。
半融化的冰在做梦。和平。

……

你能看到一条肮脏的狗。你记得自己曾见过它
在同样的地方,寻找食物。
你应该为见到它而感到幸福,你知道:
它不是你童年丢掉的那一条。

而我会想起它:它的看着你的眼睛
——那在同样的地方睁开,并且闭上的眼睛。
我会想起你用千百种名字叫它,试图真诚,或者
试图用真诚说服自己:
它不是你童年丢掉的那一条。

尽管你早已知道。

选自徐钺豆瓣小站2015年5月23日

评鉴与感悟

和平的年代,也许并不意味着"战争"的消失,而意味着它正在以另一种更加隐秘方式展开,甚至有扩大化的危险。就像城市并不意味着乡村的消失,漂泊并不意味着故乡的失落,文明并不意味着愚昧的泯灭,光明并不意味着黑暗的灭绝。徐钺在这首诗里呈现的正是个体生命如何在一种对立的关系中获得平衡。一方面诗人要通过文件签署获得生活的资格,另一方面却又"握着尚未交出的东西""在看不见的眼睛下离开这生活",从而开始表演生活的平衡术,让我们看到在城市与乡村、梦想与现实、过去与现在、光明与黑暗的坚冰下汹涌的暗流。平静有时不是静止,而是更大的力量之间的冲撞,这是物理的辩证法,也是艺术的辩证法。(景立鹏)

吕布布诗一首

吕布布，1982年生，陕西商州人。著有诗集《等云到》。现居深圳。

佛国仙境

曾经存在着的古老诸神的阴影，它们重访大地。
——荷尔德林

这里有鸟发达的胸骨，我想像
它们梦一般的飞行。万籁俱寂，
飞过沿河的龙骨，它们以逆光下
紧凑的山地史进入人类史。

一个将军买下了这儿。
主要的原因是构造轻型的世界，
充满了云。山地崎岖，而
河流像赤道一样宽广，松散民居
跌落其中有点儿无力。

似乎是被意识引导的魔卷。
宏伟全景中的恐惧导致的幻觉，让我
不总是工作的形象，与珙桐合影，

而风中挺胸面对雷霆叮当的
画眉，使得这山谷更加孤寂。
有苗子的蛊术或荷尔德林式的神性。

一个远离了海洋和野蛮人的地区，
雨季增加了这里的重量。
经过一部分路面时银行消失了。
古老和曙光的重构行动起来去研究
这喀斯特地貌升起的佛像，它的头顶
绿植茂盛，应该说它是浓发的释迦牟尼，
还更有国际观，满足现代的 A 面或 B 面。

在更为狂野的基础报告中，
由聪明的农民和几副不详缺口的金牙
实现计划中的全部细节。儿子们
接受第三级教育，像哥哥一样
成熟。而女人是温暖的焦糖，
她们拜神，有一种要大放光彩的意愿。
当农民死去的时候，儿子们必须
结婚三十八年。

一个偏离了中心的地区，依赖
"穷"和"空气罐头"，但它又难得的
慷慨；它蓝图中的文化
与中心相比，差异是可观的。
无法放弃现在所拥有的一切，
尽管它所拥有的已教它失去。

注 诗名起初为"六月日耳曼尼亚"。

选自新浪"吕布布的博客"2015 年 7 月 12 日

评鉴与感悟 ——

相比而言,"六月日耳曼尼亚"或许更具体,因而也更有利于进入此诗。"六月"与此诗的写作时间呼应;二战时期,"日耳曼尼亚"是计划中的世界之都,但未完成,把它用在这里似有陌生化效果。这是一首不无荒诞气息的叙事诗,呼应了诗中"被意识引导的魔卷"这样的句子。全诗将梦境氛围的营造与潜在的否定倾向融为一体,在叙述的同时完成了对所写对象的判断,甚见功力。(程一身)

墨研诗一首

　　墨研，1983年生人。习诗10年，未尝放弃。现于清华大学中文系攻读文艺学专业博士学位。

痕迹学导论

一

结束始于盲从。现在就开始遗忘
还不迟。雪天的路灯下满地的水晶是时针
的命门，它不像一开始就选择沉默的事物
那是后来，道德作为上帝口袋里的漏洞
在他闭上眼睛时看，是恒星意志的俯身打量
乌鸦患上颈椎病，不疼，能在泡沫的脸孔上
舔灭一颗廉耻的星。让人们思考的是间歇之间
蹦跳着思考的哲学家，追求一切倾泻而下或者
引起瀑布的指关节。如若不然，人要怎么走回
星云之中？星轨的肩膀还清冷，叙述的
影子还彼此遮掩。距离仍对你弯腰（庆幸吧）
万一你回来，像踏着第四轴的非洲象。你是你

体内的毒素，却善假于外体，所以无端膨胀成
幕布后的行头，为了从前妻手里骗回她不相信
而你丢失的剧本夹："天堂降落在双膝之下
这并不关于水怪或者天伤星墨者云云
拨动野草琴弦，这最灵活的大地的喉管，从
萤火虫身后散布出全息的毛边织锦，带领我们
那个有着十二对臂膀的古老的兄长，渐渐飞升
所以一开始这就是每个人的尾巴上的废墟，文明
就从山崖或是鹰喙的阴影里落下来，不声不响但警告
以此违背它的虚名，在不断的酸蚀中，不故作紧张
慢慢后退，退到褴褛的褶皱里，低频地繁殖纸缝间的鼻息

二

否定是一种反向的尴尬，明亮于你的失踪
在明天你根本不该有困惑，你曾是即兴的
商籁体，你闲谈的邻居们讨论过有关你的
下一步的变幻。你是直接的寓言，口误般亲近
癔症的定向爆破，记忆不需要引文正如偶然
是刺猬的姑姑。你不就是你的秘密关系的观众？
那天，你跑向南方，是去年的第三遍，你告诉自己
你要找到一颗包裹闪电的糖果，你靠这个念头安慰自己
正是它能帮你告别人汤的鼎沸。看呐，那不是主任
是躲在墙角，永远可爱的标本猫，它总是抓破自己
的梦，像那些夜里你的梦抓破它们自己。你哭泣
你背负血迹的责备，来到这严肃如冬的春，你的旅程
被一个晃动着的比喻缩短了，他们——咳嗽如鸣的
旅伴，撕烂你回忆的票据。你那么孤独，叮一枝
绿叶也不抬头，让隐藏起来的空气也感受你的悲鸣
你有你的云骑，作你的破折号。渐开线的挥发性
缓释出比忧愁更低的雾。初生的奶奶，就是现在

你不是你的过去，你不是你正如你将永不能自媚
而谁可以想象到达？在半途时都被规劝（认了吧）：
不要侧目，你的犹豫将恶化你病榻前的猛犸

三

假如虚无向你射击，连击，你惧怕哪个：
如果，但是，边缘，非此即彼？你能分辨出来
哪个音符是剧场里的主教？哪个婴儿是远山的
圣人？否极泰来正是治疗蒙昧的鞭子，在腐败处
旋转，就能生长出意义的裸子花。我们就站在溺毙者
的窗前，哀悼这个代词的世界。这里有萤石般的歉意
也有短视的车灯和掩埋处女的狗年月，我还记得
海岸退回到海里，爱情退回廊前的月下，在老诗人的
黄昏中一定有他爱惜的介词，而我们浪费了它
用铁屑炒出一盘没有国籍的铁锈。让我理解你的
同情心，你放弃的成为奇数的权利，给我们吮吸
交易的幻术，这是登星道人的传染病，代谢
所有邻居和同事的科幻日记。不是吗？正听到的忙音
和你咀嚼镜子的动静都出口了，在不谈荒唐的
南山岛，那些混沌的声音都在次第升值，那里
没有数词，男人们不是无就是肢解掉的风暴靴……"
你累了，像盲枭不记归途，在日夜的对赌里进进出出
你能消化哪一面的寒暄？你能甘心将夜桦（难道还有什么）
凿进清晨？你会试着成为命名栅栏的余数？
再请你为我们输，成为寻访者，寻声躲藏
然后被涂抹满每一秒钟，就像潦草的宇宙射线——
人们从未见过它，而它正在每个人的眼角埋葬深沉

选自墨研豆瓣主页2015年9月23日

评鉴与感悟

这是一首智慧的诗。或许可以把此诗看成一篇关于痕迹学的诗体论文？因为诗中既有鲜明的沉思风格，又有清晰的研究思路，以及对自己与他人的生活研究。我喜欢诗中由此合成的警句式表达，比如把道德说成"上帝口袋里的漏洞"，这是非常智慧的表达，显示了诗人对人类道德史的洞察。事实上，诗人的智慧表达并不限于对世象的沉思，还在于贯穿全诗的智慧叙述："你告诉自己你要找到一颗包裹闪电的糖果"，"你的旅程被一个晃动着的比喻缩短了"，"在腐败处旋转，就能生长出意义的裸子花"，如此等等，使全诗成了奇词妙句的大本营。（程一身）

邱岩诗一首

邱岩,辽宁人,1983年生人。哲学系毕业。诗歌观点是：诗意来自于对生活的存在与美的感知。

岑魅的午后

燕子低飞，闪进在翅膀上滑行沉寂的空气
它小巧的喙在黑色的脑袋上尖尖竖立
敞开的牛棚里是扑面而来的黑暗
盘旋在乌黑的时间的地面，牛粪淤积酵久、新鲜强烈的气味

碧空在房屋的缝隙里，闪进一株绒绒的桃树
坠在枝干上的叶子，摇摇扑闪着安静
若此时你站在欲望里
浑身的气息窜起弥久而不灭的纷骚

啊，无人踏进你这激烈的地带
在岑寂的时间里低回，被永恒抚平
你的肚腹，远处一道红墙挖开的远方
此刻你低头，看晴空洗你的手，滑过你的脊背

你的眼睛盯着永恒的无知

空气多像一把细梳子，梳过阴影

院子里唯有你因莫名的沉思而站立

但红色的风悄悄飘到地面，用轻盈的手转呀转动黄昏

选自"阁楼诗歌"豆瓣小组2015年9月24日

评鉴与感悟

当代诗歌写作中过多地倚重智慧、技巧、文化、现实等资源时，我们是否在日渐远离诗歌最核心的、最感性、最直接的"美"的原点。在一个沉重的诗歌年代，我们同样需要一种灵动、轻盈的诗歌风景。邱岩在诗中通过午后的燕子、牛棚、碧空、桃树等意象呈现的通透、清澈的诗歌境界，使得沉溺于沉重的诗歌文化获得再度陌生化，一种返朴归真的再度陌生化。但是动与静、瞬间与永恒又构成了其内在精神结构，从而又使这种看似灵动、优美的诗歌境界中获得一种内在的张力。对美的结构性感知使得本诗的诗歌语言在获得古典诗歌风韵的同时，已经埋下了现代经验与哲思的基石。（景立鹏）

车邻诗一首

车邻，1982年生，山西榆社籍，在京主要从事PHP大型网站架构开发，现主持80后诗歌库编选，自著有电子诗集《小人物事》，翻译有《拉塞尔·埃德森散文诗选》和《谢尔·希尔弗斯坦童诗》。

情人

一位快咽气的老太太
看着屋外的大树
她说，我想嫁给它
瞧瞧人家身材多壮实
从来不生白头发
她的丈夫说，你省省吧
树干没有温情肌肤
你省省吧，树枝不会
像我的胳膊那样去搂你
你省省吧，它最多
用叶子去逗弄你
你省省吧，它或许是
你前世的情人，可我准备
砍倒它给你做一副棺材

你病得只剩皮包骨了
我要肢解你的情人
给你做副上好的棺材
之后就是一阵刺耳的油锯声
大树晃了晃倒下了
而老太太则像失恋者一样
悲伤地咽下最后一口气

选自新浪"车邻的博客"2015年5月31日

评鉴与感悟

罗伯特·弗罗斯特的墓志铭如是:"我和这世界有过情人般的争吵。"勃朗宁夫人在她的十四行情诗中写道:"'这回是谁逮住了你?猜!''死,'我答话。/听哪,那银铃似的回音:'不是死,是爱!'"爱和死,那么远,各具生命的两端;又那么近,让生与死瞬间亲密。这像极了情人的状态,若即若离。车邻这首诗,再现了情人间朴实无华的冲突,其中隐含的,也是人和自身处境的摩擦,那种亲密、抗拒和疏离的状态,以及最终可能获得的并不大团圆的平静:"而老太太则像失恋者一样/悲伤地咽下最后一口气"。生活,原本就是伤痕的累积与淡化。我们好像带着"前世"的印迹彼此猜忌,小心翼翼地活着,又有可能带着今生的印迹,继续如此循环下去。正如诗歌的开头与结尾,尽管构成了一个回环,却并不圆满。(曹梦琰)

吴小虫诗一首

吴小虫，1984年生，山西人。2004年正式发表诗歌作品，在《诗刊》《星星》《北京文学》《汉诗》《诗歌月刊》《延河》《诗选刊》《山西文学》《黄河》《山东文学》等刊物发表组诗与随笔。曾获《都市》2014年度诗人奖，《大观·东京文学》首届大观文学奖等，现居重庆。

观音山之路

菜叶蘸满猪油，去往观音山的路
是该站立着吗？藏羚羊的跪拜
让我脱离了肉体，如大象无形
乘着空气，时而也脸面贴于地上
和尘土重圆际会。他们分离的太久
他们，在一米七二的世界
演绎着小家碧玉。这生死这爱恨
这红尘滚滚，烫伤了岁月的遗孤
而我在欲望中出生，每一片树叶
生命力都走在一条钢丝绳索，左右
晃荡，江水的汹涌只是自己的汹涌
鱼不知道自己被吞噬的命运

就像我那晚期的妈妈，喊着吃饭
哭着说，我的肚子很饿……
我无法执着于我的一生，这块泥巴
愿有人把它砸烂　　愿飞溅出的一小块
轻轻地上了——观音山

选自《大观·东京文学》2015年9月号

评鉴与感悟

灵与肉的分离，既是人类发展过程中自我认识的主观策略，更是人类的宿命性的精神困境。诗人的悲剧就在于自觉于这种悲剧，而又飞蛾扑火般的投身于这种悲剧。吴小虫通过观音山之路为这种不可调和的矛盾提供了一种宗教性的路径，但是"我无法执着于我的一生"的前提，依然使得有人把"泥巴"砸烂，不管去往观音山的路是站着还是跪着。而事实上，泥巴是不可能完全被砸碎的，欲望是不可能完全被吞噬的，因为"我在欲望中出生"。但是一种折中的途径是那"飞溅出的一小块"可以轻轻飞上观音山。因此，诗人在此表现出了清醒的认知和愿望：欲望肉体的泥巴经过升华，同样可以用来塑造佛像。（景立鹏）

李浩诗一首

　　李浩，1984年6月生，河南息县人。曾获宇龙诗歌奖（2008），北大未名诗歌奖（2007）等。著有诗集《风暴》（上海三联书店，即出）、《消解之梯》（2007，自印）、《还乡》（杜弗·诗歌手册）等，并有作品译介国外。现供职于《十月》杂志社。

一些默示

我：无法辨明的我。上午时宽时窄。
走不完的城市，和经纬相交的路口，
从上午的尽头，无法辨认的弟兄多明我，
从我，他以碗来装，空气中的松子。
落到尘世上面的一些事，在万物静止的灵中，
如同一阵又一阵忽高忽低的婚曲。
一些事，向我敞开，如同站在大街之外的
清洁工，在清扫我完整的过去。
一个天真的少年，一直都在困厄中，
对抗指骨上，残忍的说谎。整条街上，
奔涌的悲伤，对抗着……上午堵在我胸前，
梧桐树叶，在早班时间，聒噪如鸣笛。
摩托车队与日光，在烟尘的跑道上，

向他们自己奔命嘶喊，横穿马路拼命揽活。
在这一天里，挣取一家人，口含泥、沙的
大米和白馍。在那些晚鸦，驮回来的
一座空城里，颓圮的古刹残垣上，
在那些被一代又一代人的赤脚、军队
和商贩，以及车辙，磨平的石基上，
在光润的金石内，一直回荡着永不止息的
元音。而我们的干枯的性，凝望着
瓦砾中那棵支起黄昏的千年古木，并和它站在一起，
互相依靠远离世界的独立。

选自《诗林》2015年第2期

评鉴与感悟

在城市的速度中，个人在对别人的辨认中迷失自我，成为一个没有过去，丧失了少年的天真的摩托车："在烟尘的跑道上，向他们自己奔命嘶喊，横穿马路拼命揽活"，只有"干枯的性"，速度、到达、搬运是他的命运。如果本诗仅限于对当下生存景观的呈现，那么并没有多少独特之处。关键在于，诗人最后引入了历史的维度，为无法辨认的自我提供了一种解脱的途径，但是"当我们的干枯的性，渴望着瓦砾中那棵支起黄昏的千年古木，并和它站在一起互相依靠"时，是否真的能够"远离世界的独立"？对此，诗人没有给出答案，也许他并没有答案，也许这是他的"一些默示"。（景立鹏）

须弥诗一首

须弥,1984年生于雷州半岛。同济大学哲学硕士,曾供职于《艺术世界》杂志社,现为飞地传媒编辑总监。著有诗集《环形病史》《鸟坐禅与鸟居摆》等多本。

夏日书

天气是喉。日子被卡住。句子仿佛
也无法改变肤感。热主宰了舌:哼哧哼哧——
摆脱不了这座城。
甩一把汗,衣扒掉,
打开蝉鸣——横在夏日体内的
语感,然后消化它,
或反转它。
总有什么东西
捏住了我们的喉。
那是谁在呼喊——
镜子反对镜子:施使一种
束缚术:妈妈或未来。
它沸腾,它回荡,
在数百公里外。我们进入树影。

树影打开遐想——

夏日未死，秋意何在？

想象的争夺，荡在皮肤上：

差异性被唤醒

——夏日的政权开始

露出裂口。日子要改变

自身的句法，召啊，唤啊，

绽出另一个地带——

是蝉尸。背后有一种装置。

坏空调打开。凉意伸入梦中。

再脱掉一层皮。

另建一座城。争斗。

天气不再是主宰。争斗。

任由记忆行进，切割大地之脉。

句子晃动，晃啊晃，晃出另一个入口来——

选自须弥豆瓣主页2015年8月31日

评鉴与感悟

坊间有野传，是说诗人须弥将他的宠物猫唤作"句子"，若确凿，可见一位诗语迷恋者已将他的猫都溺爱进了语言的内部。在这首诗的开端，"句子"以及它所指示的语言可能，正陷入夏日的重度困乏而无措，喉头干苦，稍一动身，便大汗淋漓而于黏腻间失去感官的准确。"句子"躺卧着，烦躁，行动力丧失，"夏日"成为语言怪圈的隐喻，而语言的怪圈正是命运的怪圈，言说之困境对称着行动之艰难，"句子"只有将"夏日"化解为自身的内部，方才能生成全新的、持续的诗性力量，正如诗中所言："打开蝉鸣——横在夏日体内的/语感，然后消化它，/或反转它。"进入"句子"内部的"夏日"终将改变自身的语法，在诗的完成时刻，"出口"的现身预示着表达的全新可能。（王辰龙）

厄土诗一首

厄土，诗人，生于1985年，甘肃宁县人，毕业于南京大学。写诗兼或译诗，有诗集《昨日之树》《舌形如火》等。翻译有詹姆斯.芬顿、齐别根纽.赫伯特等欧美重要诗人的作品。现居上海。

冬末，结束一场旅行

一

向南更冷。强忍的光勒紧远山，几乎
要把根扎进冻土里。旅人才是

此刻宇宙的中心？当天空从远处旋回，
他向车窗的倒影乞灵，呼吸出另一个静止的

邻居。停顿以精确的分秒，整理
短暂相逢的城市、道路和人，在预定的次序里

他起身，把季节滞留的寒冷挤压成
记忆坚硬的行囊，这永不解冻的冰原？

二
他走进熄灭风的
家门。猫拱身,捕捉旅途尾随而至的讯息。

一扇打开的门,锁住哑光的城市和道路的轮廓
一只静止的猫,咬死所有跃动的声音

把一个家拆开,悬挂在每个经行的站台
栽种玫瑰的山坡覆满昨天的雪?

当所有偶遇的家,在此汇合……
它们均匀地盛开,在每张属于过他的床上?

他从未忠实过任何地名,即便
要在那里停靠,反刍吞没的铁轨。

三
啜饮最轻的一句话,触碰这个世界
就像触碰消失了的每个人

他借分割自身的光影校准钟表,
与时间同步。当移动的身影逐渐沉重,

他缄默于影子纯粹的速度。
这是未终结的远行,最后的站台怀揣他

驶向夜晚。那些短暂的道路、城市
以及模糊的人——被梦囚困的,一如他自身

在某个时刻突然起身,步入另一种自由的

旅程。

评鉴与感悟

诗里的旅人不断发明着途中伴侣：车窗上的倒影，城市，人群……每个伴侣实质都是旅人心绪的投射，因而旅途终归是孤独的，记忆这一切也便成为维系自身现实感的诗性行动。从有关旅行的记忆中，神秘的力量渗出、蔓延，在旅人近乎虚无的抵抗时刻，这力量将"家"分化为一个个"车站"，意想中的终点骤然变为中转之地，通往苍茫的未知所在，本可温存的日常开始动荡。诗的最后，"另一种自由的旅行"被想象、被召唤，这似乎在预设或期待全新的可能，也提示出语言与记忆间的羁绊——必须不断谋求词语的精确，为与自身相遇的人和风景寻找时光中的定位。（王辰龙）

李云颢诗一首

　　李云颢，1985 年生，彰化和美人。现就读中兴大学台湾文学与跨国文化研究所。著有两本诗集：《双子星人预感》《河与童》。

思凡

我要做你的天使
使你也有伴陪
看见谁不是如此人皆有过错
我也有撕开伤口的激情

放弃成为神的同在
自愿留级世界
我要飞往
那些钻进自我介壳
一路下降至洞穴底部
自苦的你

不要伤害别人
也别轻易感到被伤害
有些时间的浪

汹涌拍打渗入身体的洞
身体的洞是被掩饰的身世
在门后等待的我在年少时伫立
我愿意被你召唤回来

是你对我好
容许我得以陪伴
是我谢谢你
让我做你的天使
我不会难过
反而最为幸运
大概是我耽溺人间
也曾经把苦涩编进喉头
不断重唱
身而为人的哀歌
我将
一次次
造访
学习
一整个世界的苦难

选自李云颢个人部落格2015年1月5日

评鉴与感悟 —— 诗人想象中"天使"的心灵史，透露出爱的诱惑与爱的艰难——如何能在与"你"的私密相守中修成悲悯之心，以承担"整个世界"。"你"，是具体的、特别的，是"天使"的另一种自身，却也是匿名的、普遍的，是无数他者的集合，"天使"的哀歌，发声自真实的痛感，它对存在做出确认，也以叹息的方式时刻提示着阳光之下亘古以来的晦暗，而在这万古愁中，却内含永恒深沉的此生之悦。（王辰龙）

徐亚奇诗一首

徐亚奇,1986年2月生于甘肃陇南,现居北京,从事艺术创作。

五回婺源

这一年,往返景德镇和婺源之间,所事琐碎。

第一回
我们在悬崖边上休息,
吹干净杜鹃花上的灰尘
眺望樱桃树中间的村庄。

第二回
整理荒芜的菜园子几根田垄,
拔除冬天遗留的生锈的毛根。
在一米高的油菜园里
挽起半尺袖子。

第三回
栲木开花,形成斜坡的黄昏
榨油直到中午又等到下午,

他理了发。在阁楼翻出
一桶旧油。

第四回
白鹭飞起，
大茅草颠簸进河谷。
一场大雨冲洗两年来
因为修铁路撑坏的公路
旁的转角镜。

第五回
转眼已是秋天，
我收拾行李，阳光中烘烤
繁衍了三个季节的蜜蜂
打出来腥甜的蜂蜜。
大巴车，凝固的火焰
五点之前启程。

　　　　　　　　　　选自"亚奇"微信公众号2015年9月7日

评鉴与感悟

这是扇面画式的诗作，每一回次第展开，"婺源"的美与真，即便不是全貌，也已慢慢显出。虽赋形五次，却非凝视风景的重描之法，类似水墨画的线条，游走其间，勾画出空间的轮廓与境界。观景人的不时显身，将以目光为主的感受方式转化为行动者的触觉，于是，"我"在风景中，风景也内在于"我"，亦如投石入水，静景骤然富于摇曳，这意味着时间在铭刻它的踪迹，而季候迁变，诗中的光影明暗也在翻覆。被言说的风景在嬗变，由"花"到"蜂蜜"，由"菜籽"到"油"，就如诗中的第一个词句终究生发为开阔的语言时空。（王辰龙）

楚灰诗一首

楚灰，1986年生，现居广东新兴。

新厂省

由烟囱来完成对泥土的输出
古典的易容术因了朴素秉性。
出于对自然馈赠的本能反应
泥土在火中沸腾。想象开始。
对天空的思考，引颈向浮云
星辰自述是大地的一次倾覆
种子会遗漏。旧事物并没有
生成一茬决绝的芒刺。是的
永恒的慈光仍旧眷念源起地。
松木的年轮上，豹子在奔跑
斑纹可视作大风的一种具象。
窑工终将自己活成了通灵者。
风声无论松紧，火苗的口舌
始终在高处闪烁。千年有余。
形制不再是桎梏，大水赋予
一切以可能性。由泥浆接续。

频繁的雷雨仿佛暴露了河流
重叠烟囱的事实。关于命名
最好是能叫时光失忆,够新。
一座崭新的遗址。新厂你好
蛛丝马迹提供集市以仿生学。
假如匍匐,是否可以察觉到
以物易物的酸涩。行省分镇
唯有由泥浆来重塑一截竹竿
言语的激情荣耀。新厂你好。

选自"驾言纪事"微信公众号 2015 年 2 月 25 日

评鉴与感悟

走入曲径交杂的城中老区,误闯已被纳进规划的临城村落,或可见建筑物侧壁上白色圈框内粉刷的"拆"字,在它的指引之下,消逝的过程正此起彼伏于我们栖身的时空。往昔的楼宇与田垄,以及立命其间的格物惯性与阅世传统,似乎终将不可避免地被稀释为记忆与旧梦。在这首诗中,"新厂"或许是确切的地方,但更像是对一种噬心处境的命名,深入其中的言说者对古老技艺展开赞美式的想象,窑工以泥土、火焰与自然风为材料,对物的世界进行着再造式的重新赋形。通过"言语的激情荣耀"一句,古老技艺与写作之间的奥秘得以相通,诗人对镜自照,映出一位窑工的面庞与身影,两者分享着类似的主体尊严与命名法则,而新的命名策略正由周遭蔓延开来,一切坚固的事物或将烟消云散。(王辰龙)

西原诗一首

西原，生于20世纪80年代，江苏赣榆人。著有诗集《哀歌》《世界的最后一夜》。

我们的大海

前年秋天，我们消耗完一个激动人心的下午
你就回到海边
我去参加爱与恨的竞选典礼
秋风在天上，为他们主持

后来我也回到海边
但与你的大海相距遥远
幸亏有洋流
让我们的大海融为一体
要感谢月亮，感谢它生产了万有引力
这种生产力强过资本主义
资本主义的水深，让人涉不过今世
资本主义的火热，让人血汗交织

我们的陆地也是一体

陆地上的事情太复杂，像我们每天都面临的国际形势

我不想给世界添乱

还有三千万贫困的人们，他们要吃饭穿衣

我知道他们比我想见你一面还不容易

我也常常担心陆地上的剩余劳动力

像旧时的电工，随时会掐断我们的联系

世界很大，我仍不敢辞职

只求前年秋天变慢

这一点我也已如愿

因为我还在前年秋天

看火车不容抗拒，将你拖远

选自新浪"西原的博客"2015年5月28日

评鉴与感悟

自然的万物，被诗人指认为最高的秩序。"秋风"俯瞰世俗的爱恨，"月亮"为人间设置限度，"我们"之间的爱恋或友谊，则与"大海"分享着汹涌而开阔的情感逻辑。与之相对，是"资本主义""剩余劳动力""国际形势"等社会学词汇构建的世界观，它冷漠，自信真理在握，习惯于傲慢地突入自然的内在逻辑，却也是"我们"不得不厕身其中并疲于应对的坚硬现实。这终究是一首蕴藉了隐秘心思的怀人之作，"大海"与"世界"之间，永恒的将是"我们"共有的"前年秋天"，它在"火车"的加速度中过得越发缓慢，只有开端而无法告别。（王辰龙）

张日郡诗一首

　　张日郡，1985年生，台湾云林人。现就读台湾大学中文所博士班。喜欢旅行、生态、摄影。新诗作品曾获得教育部文艺创作奖等多个奖项已出版诗摄影集《离蝶最近的远方》。

水底的神明——遥敬石门水库底的土地公

水底的住居一向静谧没有人迹
你放养的鱼族追逐于潮湿的草地
学语于溪流的声音，还有森林
每一片落叶与倒影都能嬉戏彼此感应
而溪水总会流进你小小的住居
日夜地形成一句简短却又绵长地问候

问候。从前从前，这里曾是一个聚落
发明"污染"词汇的人，必定曾经看见
土角厝如何展现纯朴；牛羊
看着丰收而后低头喝水；星河
简单地便穿透了云雾在溪面教导我们连字
后来后来，成为我们一点点的乡愁

乡愁都成了淤泥！水底的神明啊
我们总在祢住进水底时，安心地狂欢
炫光、噪声、异香彼此感应
良田都长成了都市
土地敷着柏油将会那么样的冻龄
成长的都是塑胶般的心事

一如往常地我们路过水底的祢
食用并上传一尾没有土味所以比较时尚的鱼
打卡标注美丽的自己
然后遗忘水底的没有脸书的祢的住居
就像遗忘杂草丛生的土角厝一样

什么样的干涸使祢现身？
裸身且裂开的故土啊，正是记忆里
父亲农忙后脚底的模样……
只是父亲早已不忙，却早早备妥牲礼
来到你小小的土角厝前焚香
喃喃地念、喃喃地念："土地公在上，弟子……"

选自新台北文学网站2015年10月17日

评鉴与感悟

如果说要对记忆做一个比喻，那我觉得灌木某种意义上而言，相比大树要来得更为恰当。因为记忆在脑海中的扎根，向来不是依赖于粗壮的树根，而更像是沙漠中的灌木，细小的根须纠缠不清、盘根错节，不断蔓延，用无数细小的尖端包裹所有潮湿的泥土。如果在沙漠中，你随手拔起一株并不起眼的灌木，你一定会讶异于根系的发达，回忆也是如此。就像阅读这首诗一样，通过对每一点带着潮湿的泥土味的场景细微追溯，一点点将这首诗扎根于故乡这个消逝空间。（肖炜）

谭毅诗一首

谭毅,四川成都人,2008年获文学硕士学位,2014年获油画创作MFA硕士学位,现任教于云南大学艺术与设计学院美术系,云南省油画学会、风景画协会会员,已出版著作《戏剧三种》(新世界出版社,2011),曾在《中西诗歌》《新诗品》《诗林》《终点》《锋刃》《边疆文学》《海拔》等杂志发表诗学论文、诗作以及译诗若干。

形态学——一个生命观察者的工作笔记(节选)

三十八　全球
——毓琦

漩涡的居民知道,生活于其上的全球
有不可逆的转动,和缓慢而细腻的消除,
像风在制作终将退隐于火中的陶器。
而漩涡人已经看到了那零形的赤道。

这个圈儿提供有关运动与前进的
小限度表达,也为市场上的物流通
提供货币状的孔。它从同一中心的
不同位置散发出同等空位,给他们

和我们一片幽灵般越来越薄的屏幕。

它带着光的涂层,对自然性病毒免疫,
只传播连续不断地编号:像寒潮
掀起一片跑向空中的视点,为头脑中
禁锢的海啸举行了一次献祭;
同时,免除了身体的任何回赠。

选自谭毅豆瓣主页2015年9月23日

评鉴与感悟

谭毅追求一种工致典雅的风格,她的诗歌如同精密的仪器,将蓬勃的现象、瑰丽的幻想收束为缜密的推演,由此具备了水晶的肌理与质地。由包括《全球》在内的四十余首诗作组成的系列诗《形态学》,是谭毅在《从城(二):内与外》中假托主角毓琦之名撰写的作品。根据谭毅的构想,毓琦是一名生物学家,或者说"生命观察者",他前往诗中提及的"漩涡",创办一所名为"习性研究所"的学校。《形态学》就是毓琦对自己的学生丛芸和具翅的教育,囊括了他对诸种对象不同维度的观测,这些考察都可以被统摄于"形态学"的范畴之中。在谭毅那里,"形态学"意味着一种不仅求助观念的思辨,同时倚赖感性的认知,不仅勘探事物的结构,同时注重其生成演化的方法。《全球》一诗聚焦于星体的转动,从自然中抽离出某种人类社会的原型,在简短的篇幅内完成了"有关运动与前进"的表达。近些年来,谭毅跨越各种文体的高强度的写作已确立起不容忽视且无可替代的声音,在能够预见的未来,《形态学》等作品将被更多人反复地阅读。(蕨弦)

木郎诗一首

木郎,苗族,1985年生于贵州织金,现居贵阳。

好久不见,你的思想又瘦了

酒醉后失声痛哭的人,并没有找到
丢失在酒中的记忆。左脚
从A处离开,就不会再落到A处
有人围绕B点,测试J的长度
深夜里抚摸G,也没有迎来
想象的喷潮。梦里走来鸟人一枚:
"好久不见,你的思想又瘦了"
他说。他说得就好像我们已经很熟
我差点就相信
我和他是同一个人,或同一只,鸟

选自《橡皮》2015年第4期

评鉴与感悟

这首诗绝非精心打磨的作品,而像是醉酒后写下的三言两语,简单、随意、零碎,带着几分布考斯基式的颓废。或许诗人木郎真正想要表达的只是:"好久不见,你的思想又瘦了。"这是一种枯坐般的状态,思想日渐消瘦,激情燃烧殆尽。通过直击要害的问候,木郎也将"我"与鸟人合二为一,"我"几乎就要相信自己是一个鸟人了。处在自我否定阶段的诗人需要借助更为强韧的精神资源实现"奥伏赫变",木郎的写作仍有待突破。(薂弦)

林余佐诗一首

　　林余佐，清华大学中国文学系博士生。曾获得林荣三文学奖、教育部文艺奖等多种奖项。着有诗集《时远在远方》（台北：二鱼文化出版，2013）

生命之初

我们是草本的植物
体态纠结如藤
在黑暗里附着栏杆
打转、舒展纤细的意念。
所有的爱欲、伤痛
都顺着水分盘旋
升空来到最初的混沌

仿佛是神的花园
我看见生命最初的样貌
——自木板窜出的绳子
被绿色、柔软的嫩芽包围
尚未命名的细须
静静垂挂着像是一个预言

雨似萤火虫缓缓落下
有些嫩芽快速茁壮
接着迁徙到远方
成为一株多果的植物
有些枝枒只是安静掉落
泥土随即覆盖
——最初与最终
在此同时发生。

这是神的花园
我发现自己的生灭
不过是一季花期。

选自《中国时报·人间副刊》2015年1月5日

评鉴与感悟

这首诗是关于生命的一则寓言。诗人把自己的人世体验（爱欲、伤痛）包裹起来，重新归还给生命的胚胎。全诗的譬喻来自植物世界，用植物而写人类，这是诗人的匠心所在，诗歌的藤蔓编织了生命经验的藤蔓。"最初与最终/在此同时发生"，诗人揭示了生命体诞生之初的残酷性，这也是人生的残酷性，而人生的大悲剧更在于"我发现自己的生灭/不过是一季花期"。这首诗轻盈而不轻佻，优美而带凄凉，仿佛尘世之中缥缈哀婉一叶落英……（李海鹏）

崎云诗一首

　　崎云，出生于1988年，台湾台南人，目前为台湾政治大学中国文学系博士生，创世纪诗社同仁、风球诗社创社委员。曾任《风球诗杂志》发行人，著有诗集《回来》。作品发表于台湾《台湾诗学网络论坛杂志》《文学人杂志》《海星诗刊》以及各报副刊等。

禅机

一切声响，皆是障碍
你到我到你的距离
吸引蚊蚋与飞蛾来此
圆证一生的火光
所见皆虚幻。有风
或无风皆无关系，灭
而复起，或起而将灭
所燃皆是缘，蜡汁
亦不过是众缘的累积
而来看清自己，专注的
凝视，一如你，与你
十分神思与九分阖眼
所照见的一轮花绣

或者晨星，在前悬悬
久久而未落或久久已落
的不可知，或不必知
世间的种种照见，种种
障碍的声响，皆是尘灰之属
亦若初雪，受我燃尽
引起多疑的风声
穿越漫长的隧道而来
到这里，抚动，你，这里
与你的衣袍，像天花
落尽，于是秉烛，与烛光
观照之对象，一同思索
钵中盈盈复盈盈的水痕波纹
毕竟非露，非花
非悲心饱满
累世未证的禅机

选自《创世纪诗杂志》2015年夏季号（第183期）

评鉴与感悟

很明显，诗人精通佛理，这首诗因此写得充满禅机。大奥妙、大天机在诗中处于泄露和隐藏之间，在诗语的暧昧中百转千回、半遮半掩。"一切声响，皆是障碍""所见皆虚幻"，寥寥两句，就将视听放空，诗人沉浸在参禅悟道的大欢喜中。这首诗在诗意上不是苍白的，而是饱满的，或许这无意间泄露了诗歌的禅机：不在得意妄言，而在因言会意，但绝不点破迷津。（李海鹏）

未白诗一首

未白，1987年生于淮河之岸，毕业于湖南文理学院，2007冬开始写诗，与师长程一身发起成立了刈社。著有诗作《悲歌》。

听南山

我遇见几只白鹭，你拾过几片黄叶
都是命有定数。玻璃窗外大雪缄默
像我写于五十年前的古诗，像匿身
花茎里的鲸鱼。要擦去多少层尘垢
才能认出你，才能在一个空酒瓶里
听到你的呼吸，重逢那些灯影簟纹
以防被八月吞噬。而月色是一座牢
你在牢外向我挥手，像在告别一个
皎洁的烈士，附着一杯黄酒的假意
而我多想装醉不醒。这人间有多少
多余的月光，就有多少悲伤的槁木
需要安慰。我只能省下早餐的一碟
酸菜，才不至于在这个狂暴的夏日
冷得酸心刺骨。当我们的板凳变回
你折过的一截桃木，当我们的衣服

变回这大地的万亩花草，我会忍住
泪水与你对饮，再借一匹瘦弱小马
离开这人世。我会留给你四块钱和
一个落日，还有一句：珍重，珍重

选自新浪"J未白的博客"2015年8月3日

评鉴与感悟

从声音上讲，这首诗不是独语，而是对话，它在"我"对"你"的倾诉中完成。并且这首诗颇具古风。开头两句"我遇见几只白鹭，你拾过几片黄叶"就可见律诗对仗的味道。诗中出现的意象很多也出自中国古典文学之中。可见，诗人对新诗的汉语性、古典性问题上是有着自觉的思考和追求的，可以说，诗中的"你"就包含着汉语的古典声带这一层次，它无疑是诗人心目中理想的声音，诗人想在自己的诗中实现与你，即汉语古典性声带的完美衔接。这首诗的题目是《听南山》，我们不妨这样理解，诗中的"你"即是题目中的"南山"，它的身体中坚固地寄寓着诗人理想的对话者、聆听者，或曰理想的诗歌身体。有意思的是，这首诗名为《听南山》，但整首诗下来，"南山"未说一句，反倒是"我"一直在诉说不停，在我看来，这正是诗人诗心莫测之处：在听、说的辩证法之间，我们已分不清这首诗的声音，究竟来自诗人之舌，还是从南山荡漾而来的阵阵回声；"我"与"你"之间孑然的界限，在回声中已渐模糊，走向混融：与心目中理想的"你"（从不是不可弥合的他者）合二为一，这无疑正是诗人想要的结局和境界。（李海鹏）

刘客白诗一首

　　刘客白,原名刘会宾,1987年生于河南登封,现供职于郑州晚报中牟记者站。

等车的人

他们从多边形的城堡中逃离出来
脸上挂着乡愁,和对城市生活的不信任感
像一只蝙蝠吃着寂静的黑手帕
在一株爬满了甲骨文的槐树下聚集
有时站成一棵马齿苋
有时蜷缩在爱人的哈气里
一天的生活终于结束了
暂时可以告别那些阴谋和算计
还有到处充斥着药水的谈话
……他们用眼睛回忆着白天的一切
手指在口袋里弹劾嫉妒者
安静得像马路上的灰尘和纸屑
路灯下,他们看到
远在乡村的父亲和一缕炊烟
时隐时现。成为这个时代的笑柄

沉默间，有一股中药的味道

从咳嗽声里溢出，像条蛇

盘旋在头顶的天空

车来了，他们拥挤着钻进黑暗

成为一堆汉字，被发往文明古国

出租屋里，有等待的接吻

和一页被撕碎了的尊严和词

选自新浪"刘客白的博客"2015年2月8日

评鉴与感悟

诗人借助诗歌，深刻介入了现实之中。等车的时间是当代普通群众生活中一个极具典型性的时间。对于诗中的上班族、打工者来说，它所带来的心理体验不是波德莱尔或本雅明笔下闲逛者目光中的审美震惊，诗中人物与闲逛者不同，结束了一天复杂、烦扰的工作之后，他们不希望自己等车的时间被审美的褶皱拉长，而是希望这个时间尽可能地缩短，等车的行为因此带有极度的功利性质，等待之中没有审美，没有游戏，只有工作消耗之外，对业余时间的再次消耗。悲剧的是，这种消耗的结果也并不是光明的："成为这个时代的笑柄"似乎已是他们的宿命，不可更改，即使等到车，回到自己的"出租屋里"，即使有亲热的"等待的接吻"，"被撕碎了的尊严和词"仍旧会相伴而来，也就是说，他们每日的时间付出，并不能为自己换来预期的尊严和精神状态，无论如何，他们都生活在意义真空中，而等车的时段，正是这真空的一个典型片断——当然，这一切都来自诗人目光中的价值判断，而不是诗中的"他们"，这也决定了，这首诗的写作不是罗兰·巴特意义上的"零度写作"，可以说，赋予语言一个零上或零下的读数，正是诗人在这首诗里想要做到的。（李海鹏）

甫跃成诗一首

甫跃成，1985年生于云南施甸，毕业于北京大学物理学院，现居四川绵阳。诗歌见于《诗刊》《人民文学》等刊，入选多种选本。

古剑行

一柄剑挂在墙上。作为书生的一种弥补，
作为客厅的一种陈设。虎皮剥落，
龙纹生锈，剑格上落满灰尘。

被豪杰抢过，被英雄握过，
割断过美人的喉管。夜里它嗡嗡作响，
发幽蓝的光。从墙上跳下，或者跃起，
远赴千里取上将首级。到了白天，
它抱朴，守一，大隐隐于市，
数百年来无人识。由庸常之辈
花重金购得，悬于沙发上方，向人夸耀。

一柄剑挂在墙上，仿佛一条江
奔泻于万仞高山，只等着知音的到来。

选自《星星·诗歌原创》2015年第4期

评鉴与感悟

这首诗写了一柄古剑的古今、昼夜两重时间。在古代，它是神兵利器，在现代，它只是庸人家里用于夸耀的陈设；在白昼，它隐于市，无人识，在黑夜，它作响、发光、跃起、远赴千里，仿佛又变回了上古的神兵。古人写诗，喜欢以物自况，这首诗仿效古法，这柄古剑已不单是一柄古剑，它亦是现代世界中满怀忧郁的孤独者，比如夜晚孤独注视枣树的鲁迅，比如夜里孤独写作的卡夫卡。波德莱尔对写作者有一个经典的描述，他说真正的写作者是在夜晚独自练习精神的剑术的人，这也是对元诗意识较早的表达。在这首诗中，诗人笔下的古剑呼应了波德莱尔，孤独的写作者在这首诗中人剑合一。其实，孤独者是最渴求知音的，但孤独者也是最难觅知音的，他们的精神困境正在于此。何以解忧？或许唯一的出路只能是深夜里继续孤独地"发幽蓝的光"，继续孤独地练剑、拼杀，尽管最终的结果很可能还是"荷戟独彷徨"。毕竟，"文章千古事，得失寸心知"。（李海鹏）

茱萸诗一首

茱萸，籍贯江西省赣州市赣县。出生于1987年10月。诗人，随笔作家，兼事诗学研究、诗歌译介及大众文化批评。出版有诗集《仪式的焦唇》《同济十年诗选》（与人合编），随笔集《浆果与流转之诗》。现居上海，于同济大学攻读外国哲学专业博士学位。

谐律：提篮桥

沥青路面，一年前的暮色再临，
你目涩心寒，为离情扰乱意念。

当时同行众人讨论着党史，
为深切的痛省：担荷囚徒的重任，

如同单核细胞，朝向政治炎症
验证免疫的生效。争执或面议，

直眺于野蛮的远境，如今笙箫
重奏，叶螨蚕食愿景中的枝条。

选自茱萸诗集《炉端谐律》漓江出版社，2015年9月

评鉴与感悟

提篮桥不是古迹,却与现代中国的很多空间相似,由于历史事件的突入抑或一些被默默纪念的逝者,而领受骤然苍老的运命,为错杂晦暗的意义所充满,在向上向前的新都市中等待后来者的造访与叹息。"一年前""心寒"与"离情",诗篇以隐秘的个人心史为开端,逐渐生发为带有"痛省"的挽歌,"野蛮的远境"或并未如意想中那般远离我们的时代,而"愿景"却终究凄怆。诗人恍若从此时此地背身转入旧日幽冥的凭吊者,用语言的"笙箫",哀而不伤地弥合着今昔之间的时差与死生之间的洪渊,诗意始于心忧,戛然于黍离之悲。(王辰龙)

刘旭阳诗一首

刘旭阳，1987年生于商丘，有作品见《诗刊》《北京文学》《青年文学》等，曾获第七届北京大学未名诗歌奖，现居郑州。

秋阳

仿佛是第一次见到它，见到火炬如风（动态过程）
在慢慢烧制古老的陶罐（在时间的历程中，慢慢塑造成型）
日子连接日子
细银抚摸我们泥胚的样子
星辰蔚蓝，如向日葵闪烁，旋转
它们连做一片，散发清晨大地（向日葵连成一片）
蒸蒸日上的炊烟
这烟火一层层，像蛇不断地蜕皮
又不断地披上另一件（生长）
我们见到它，如见到失散的老友
他还是原来的我们，在如意湖喝着啤酒
点燃烟草的样子像个帝王
光驱散雾霭
驱赶一只魔鬼的小鸟却并不简单
太阳不断地收拢，云洗涤自己

一些美逐渐减少，逐渐清晰

选自新浪"刘旭阳的博客"（2015年6月8日）

评鉴与感悟 ——

"仿佛是第一次见到它，见到火炬如风"，当诗人敏感的神经被美丽的风景震颤，忧伤随之击中诗人：如何将这美丽的瞬间定格为永恒，以抵抗美丽的事物在时间的流逝中消损乃至陨灭。诗人只有挥动手中的词语之刀，在美丽消逝之前，用雕刻为之赋形，犹如一个词语的匠人"烧制古老的陶罐"。如此，美的减损过程被转化为美的萃取和浓缩过程。这首诗清晰地描述了秋阳照耀之下的美丽景致的演变过程，也记录了诗人转动词语之刀工作的过程。因而，这是一首风景诗，也是一首"元诗"。"这烟火一层层，像蛇不断地蜕皮，又不断地披上另一件"，诗人抓住了时间的线头，显影出秋阳的肌肉缓缓运动的过程。"太阳不断地收拢，云洗涤自己，一些美逐渐减少，逐渐清晰"，当事物的冗余部分被逐渐去除之后，留存下来的即是精致的成型之物。而在写作的意义上，事物被转化为确切存在的词语，其稳固和透明的质地足以抵抗时间的风化。因此，面对宇宙的造化之功，诗人手中握有词语的陶罐，盛装着美丽的事物，不必为两手空空而羞愧。这是写作永恒的魅力。（万冲）

顾潇诗一首

顾潇，1986年生，贵州水城人。作品发表于《山花》《诗选刊》《民族文学》《诗歌月刊》《中国诗人》《中国诗歌》《江南诗》等杂志，有作品入选《2013年诗歌选粹》；与友人创办文学民刊《走火》。

异乡人

他时常咳嗽，
在夜里
走动；偶尔打电话、哼歌。
四年了，我们从不说话。
一个异乡人，远道而来，
和我成为邻居。
几乎是奇迹。他的女人，
会在电话里爱他；他的酒瓶，无数次
掉到地上。现在，他搬走了，
我的酒瓶，还在发出声音。

选自新浪"顾潇的博客"2015年2月19日

评鉴与感悟

诗人需要在纷繁混乱的生活中洞察出生活的秩序和人的本质处境。这首《异乡人》用简笔线条勾勒出异乡人孤独的处境，足见诗人优异的抽象能力。诗中捕捉到的那碰碰作响的酒瓶声音是身在异乡的人的共同心声，是孤独心境的形象化表达。文学处理人的共同经验，诗中的两个人物"我"和"他"虽没有语言交流，但其天涯孤旅的孤单和不知身在何方的茫然情绪是共通的。这就是文学的意义，它将我们共同置于那些无名的人、无名的声音所处的境遇中去，让我们这些相互陌生的人因心灵感应而取得血肉相连的关系。全诗语气冷静，语调节制，但蕴含着诗人对人的孤独处境的深刻感受和浓厚悲悯。正如里尔克在陌生的世界上倾听到的"哭声"，诗中那相互碰撞的酒瓶声音，经久不息。（万冲）

黎衡诗一首

黎衡，1986年1月生于湖北，毕业于武汉大学中文系，现居广州。曾获刘丽安诗歌奖、未名诗歌奖、中国时代文学奖、DJS—诗东西诗歌奖，出版有诗集《圆环清晨》。

破

船舱里满是熟透的葡萄
轻盈而永不腐朽
她曾是园丁，此刻是舰长
为舷窗调试海平线的黄金律
这艘船被南方城市的波浪推高
街上的人闪入水的万象
打着涡旋消失于自悔的折返
或是以白沫的虚空飞溅
成为彼此流动和减损的新的部分
拥挤的人们随即粉碎
当他们愤怒，汐流已挪移、翻卷
而她像上帝管理星空图一样
让生命的船舱平衡如满月
每一颗葡萄各归其位

饱满，剔透，带着血液的纯粹
藤枝穿过甲板，深植在她的心脏

选自新浪"黎衡的博客"2015年9月21日

评鉴与感悟

这首诗表现"她"在嘈杂拥挤的南方城市中，朝向自己内心的圆熟境界修行的孤寂之旅。诗题"破"的意味即在此，破除城市生活泡沫般浮浅虚幻的皮相，追寻葡萄般饱满晶莹的心灵生活。诗中有几层精妙的比喻，显示出诗人超凡的创造艺术形象的能力。诗人将深邃静谧的内心修持图景形象化为海上航行旅程或葡萄酿造过程，将城市人群庸常的生活景象艺术化为精彩的海上景观。诗人精微的雕琢词语的艺术腕力，十分成功自然地实现了这种艺术转换。由诗人之手创造的这个精美的词语世界，是对庸常的现实生活的抵抗，对内心生活的塑造。里尔克说"艺术品有无限的孤独"，无论是将生活酿造成圆满有序的艺术形式，还是在生活中创造出晶莹剔透的艺术品，都需要以纯粹的心血浇灌，需要在孤独和沉静中修行。（万冲）

王辰龙诗一首

　　王辰龙，1988年生于辽宁沈阳。现居北京，在某高校攻读博士学位。曾获第九届未名诗歌奖。

某私营培训机构抽查报告

终究找准起点，踏动滚梯，它带你降入
写字楼假日的负一："是秋老虎的囚禁地。
侧身湿海绵的矩阵，我嗅见整个盛夏的生计
都已沿招行职员的皮鞋淌入地板。水在霉变

方格顶棚咳出低音。推开空教室虚掩的门扇
节能灯亮起，电流磨蹭着白光周围的灰埃
仿佛空中事故临近尾声……"接好便携投影
拿起话筒，喂，喂，你对桌椅练习口吃

听回音如远方电话的那端。九点过十分
他们陆续到来，盘算座位的利弊，等你
展开签到表：几个熟悉的名字被陌生者
认领；几个从昨夜伸出惺忪的手，拿过

你递去的水笔，犹疑着如同第一次背朝镜面
辨识腰间的胎记。迟到的女讲师同你寒暄了
几句便开始，她转换嗓音，冲浪手般娴熟，
为她添水后，你退回门外，倚着椅子与时薪

继续失眠。她的声音远了，你想起下个周末
要领取新名字，带它们到城南宾馆。旧年的
十月末，你去过那里："屋群低矮，交剪了
曲径。不免走了些弯路。秋风已过夜，银杏

沿托老所外墙下落，聚拢着泛出灰黄，被
孕犬肥肥地扭散。途径一处废房的门庭，
红旗帜仍垂摆褶皱……"而你仍将先于
那些名字，推开三楼会议室；缚地鬼早就

替你拉开窗帘，他们笑，险些笑出真身，
他们佯装"安全出口"标识上的圆头人：
追不上箭头便等待吧，等平安的晨光
渐次地展开，照入北中国的千里霾。

选自《上海文学》2015年第10期

评鉴与感悟

这首诗给我的感觉，不像很多其他诗歌，会在人与诗的彼此说服中完成，而是在二者的持续扭打中完成，或者说并未完成，诗的结束，不过是诗人在某处短暂地扼住诗的喉咙而已。其次，这首诗的叙事很清晰，是抒情主体周末去培训机构做兼职以补贴生计，但是，这首诗之所以并未像无聊的纪事一样，是因为诗人在叙事中倾注了足够饱满的情绪，它已经漫过叙事，凸显在我们眼前。最后，我认为以上两点不是彼此分离的，而是彼此成全，彼此增加，这首诗就完成在充满力量的加法中。（李海鹏）

了小朱诗一首

　　了小朱，1986年出生，写有诗集《云中行的诱惑术》（2011年），现居上海。

日常生活的一丝余地

我活在对交通工具的说明中
油在燃烧，似要用单调咏叹生存
瞧这飞机正轰着太阳练习起落
它刚从塔斯马尼亚回来
逐渐变轻而呼吸一种重空气
地平线慢慢降低仿佛在扎紧袋子
最终留下穹庐般的开口供坐人

这是需要用金钱修补心灵的世界
我检查自己的起居图
恍惚间如同被敲坏酒桶
上面醉人的图案而琼浆已流入脑海
如果说记忆展示现实的质量
那我连这寒酸的安慰都没有

我不断重新陷入一种惊情
并且准备永远就这样活下去
南太平洋上雷霆挥舞着闪亮的指针
电弧要分裂空中客车的喙
虽然它通体无菌，仍不要大意
时间略带傲慢的败退
空中漫溢阴影，要飞行者修改路线
当我从镇静的虚境中抬头
试图利用基因学来辨识云中君
就迅速朝着偏转小的方向而去

闲时鸟的玻璃眼就会呆看现代文明
远处两块巨石相扶
山头弯曲的手指捻着些雨种
在天盖下如同微小的米粒
而你其实是了不起的借风者
自我冰冷，用摩擦的速度生热
让缺氧削空上片药的疗效
又上又下活在天空的力里

我猜想必有一次突然
蜂鸣刺入你全身的探针
人已经没有时间来检查饮食谱
是否要给日子加糖或许加盐
他们爱前者的甜后者的非凡
他们最终不过是一道道伤痕
留在修补云浪的激情中

但关于你的消失是宗蒸发案
你将悲伤轻易卸载到先进的人类

让我们的所知不过一个切面
关于这巨大的搁置,权宜之计是
从严寒期挖来吸收我的高烧
为易胀的眼球消肿看灰天的低垂

我醒来时必定一脸混乱
也许比这更厉害,我的克制经常过度
仅仅惊讶我能沉睡在人声鼎沸中
因为我的孩子,反抗电台的主持人
他对我说:逃避爱是不可能的
我就在激灵中蜕下一层迷蒙
藏在苹果地窖里说自己属于月亮爱好者
结果是我的命运不过跑腿人生
边抹掉败笔的影子刮擦着关节
被民间传说的一线光明慢勒伤

选自了小朱豆瓣主页2015年1月29日

评鉴与感悟

由于诗人日常生活中工作的特殊(飞行员),这首诗的视点相当之高。虽然标题聚焦于日常生活,但它却是高居蓝天之上的飞行员的日常生活,这是这首诗很有意思的地方。诗中的抒情主体,和地上的人们一样,也有着自己的日常生活,也有着日常生活中的种种悲喜、情感经验,等等,而且由此得到的情绪并不一定比地上的人们少。我非常喜欢这一句:"逃避爱是不可能的/我就在激灵中蜕下一层迷蒙/藏在苹果地窖里说自己属于月亮爱好者",而日常生活,有些时候,我们仅存的一丝余地或许只是那狭窄的"苹果地窖"了,它可以深埋地底,也可以高居于月亮之中。(李海鹏)

弃子诗二首

弃子，本名陈道尧，1988年生于福建宁德山区村落。读诗。写诗。

薇若妮卡

梦像通过X光
打探到的一根
增生软骨
它是某个夜里
身体隐痛的病由
现在你醒来
把一种孤独
告诉父亲

选自新浪"弃子的博客"2015年9月29日

几瓶啤酒

冷柜里的
几瓶啤酒
为母亲而备

过气水表里
正转动着一片
年轻的海

选自新浪"弃子的博客"2015年6月4日

评鉴与感悟 —— 短诗之美正在于轻盈,还有与这种轻盈同时表现出的诗歌本身的力量感与重量。在这种内在的冲突中,短诗的阅读总是让人感觉到一种丰富,但同时在短诗的写作中如何保持平衡也是很难把握的问题。而在弃子的诗中,父母的出现和无论时间或者空间中感觉到的隐痛形成了一种微妙的平衡,就像被温暖包围的冰块,在那个相接的缝隙中有一种恰到好处的温度,孕育出了这两首诗。(肖炜)

谢予腾诗一首

谢予腾，1988年生，台南新营市人，嘉大中文、中正台文所毕业，曾任国、高中兼任国文老师，现于成大博班就读中。出版有诗集《请为我读诗》《亲爱的鹿》，短篇小说集《最后一节车厢》。

寻妻

为了带回年轻的妻，那人
出发前往旅行。
一种北国孤独的雪景
干脆地，自他身后落下：压抑而
愤怒地食去一切可能的回音。

妻子出身南方岛国上
身体和灵魂都喜爱舞动的那个族群
他们以脚尖踏亮了光，而光
便成为热烈却不高昂的足迹
但没有战争时背着步枪的士兵更深
也不比孩子们的天真更浅。那人知道
妻的离去是种必然的偶然而
他的旅行将比相爱更长，比远方微弱就要

消失的营火,更短。

于是他刻意并仔细地往北方走去
像一张票七块钱的列车
才拥有的粗糙的执着与汽笛声
他知道,这是场注定孤独并赌上所有
且或无止境的旅程:
前方地名都不认识,后头
断毁了桥。那人只有一双比觉悟
更深切的眼
以及比风雪更厚重的靴。

为了带回自己,年轻的妻。
他咀嚼着肉干与诗:南方
已无法看见了。雪正在落下
比想象更努力地
吃食,他所能知晓的一切
和可能的回音。

　　　　　　选自谢予腾个人诗集《亲爱的鹿》开学文化出版社,2015年

评鉴与感悟

——　　找寻本身便是一个有着丰富意味和强大力量的动作。在这首诗中,表现的中心从找寻的目标渐渐向找寻的过程以及这个行为本身偏移。或许对年轻妻子的找寻,莫不如说是对一种自我和解的追求。可是其中表现出来的空间的不断扩张和方向上的迷失,让读者不由会感到一种虚无。我们总能在这首诗的细微之处发现,这段旅程为旅人带来的伤害和危险。而在读过之后,亦会开始思索,我们太过常见而习惯性忽视的"南辕北辙"这样一个成语描述,其中究竟包含多少对困境的绝望之惑。(肖炜)

李小建诗一首

　　李小建，1986年生于安徽桐城。毕业于广西师范大学。曾获未名诗歌奖。著有诗集《养蜂手记》。现居桂林。

喀斯特星球游乐场

阳光下，岛像冰激凌在融化，它甜腻的绿里
有鸟兽的小巧克力块，追逐着，
滑入午后两点一刻的困顿
从飞机上往下俯视，那么多肥厚的舌头
露出湖面，争食着日光、游云与起降的飞机，
它们的倒影在水中
变得像鱼一样，柔软，不可捉摸。

游乐场隔着千岛湖，弹奏着
飞机场的柔波，那长长的跑道上，
银亮色的吉他拨片，滑弦的颤音
点燃空气中巨大的声浪，冲刷着
繁世间的两块孤岛：飞机场与游乐场

更像是迷失在太空中的，某个未知星球的

人类遗落据点，那从欢乐中剥离的人，
且将此地命名为喀斯特星球
他们迷惑于巨兽碗不能像飞碟一样漂浮，
云霄飞车不能冲上云霄，摩天轮上的太空舱里
全是眩晕在热恋中的宇航员

这个喀斯特星球，繁忙的候机大厅内，
拥挤着孤独的旅客，他们在夜晚遥望着月亮，
等待返程的航班，等待着有一天
重复制造的欢乐能源注满燃料舱，
冲上云霄，重返地球。

选自李小建豆瓣主页2015年7月1日

评鉴与感悟

这是一个竞相娱乐的时代。科技竭力为娱乐提供技术支持，并以此实现自身的商品化，而被乐兼受苦的是人。娱乐使生活变形、人性异化：它没有让人成为快乐的享受者和满足者，却让人成了快乐的追逐者和乞求者。在此诗中，"喀斯特星球"就是这样一个供人娱乐或娱乐人的科技产品，它以异常新鲜而不乏刺激的形式虚拟地丰富了参与者的人生经历，而且似乎还拓展了参与者的人生经验。但事实上，它最终还是让参与者"重返地球"，而参与者却再也不能满足于这个地球了。从此庸常的生活变得虚无，它促使那些经历"喀斯特星球"的人不得不去寻求新的刺激。此诗的当代意义由此彰显。全诗融否定倾向于意象连缀之下，堪称一种诗性批判。（程一身）

钱磊诗一首

钱磊，1985年生于贵州盘县。有诗作发表于多家文学刊物，入选多种诗歌选本并获奖。出版诗集《邮差笔记》。民刊《走火》创办人之一。

梁山路雪夜谈简史

接下来的生活，仍要关心
一些不确定的事，包括写诗
和空谈：譬如读史，不含沙射影
不怨不怒不偏，昨夜的大雪
覆盖山冈，书中一位人物
被命运逼上险峻的山巅。黑暗中
松针擦亮尖锐的矛，他曾是
祖国的驯兽师，现今沦为
替一头豹子看守领地，这职业
为日常囤积了无言地屈辱
然而雪的落下并未使之丧失信心
他爱江山大美，在旗帜下
耍花枪，修炼心法，与看客
煮酒笑谈娱乐进化论的阴谋
我无意修辞，当欢愉高于一切

所有的胜利都是雪景中的陷阱——
从配饰里我读到了他谨慎的
中产阶级生活,以及俊俏小娘子
带来的灾难,这插曲与今日的
大多数人异曲同工,似乎
他们背后都有着各自的愤怒和怯弱
作为一名读者我无暇哀之
"他为何到了绝境,还是
不彻底地反抗,这是为生命的
荣耀遮羞,还是对写作初衷的
嘲讽?"和此刻的风雪一样
堆积、融化,后人复哀我之

选自《山花》2015第7期(B)

评鉴与感悟

尽管诗题以"简史"为名,我仍然不能认同诗中的古词,尤其是最后一句"后人复哀我之",即使放在古代文化语境里也是病句(缺少一个"哀"?)。作者显然还没有克服他的修辞癖,而不是"无意修辞"。不过,我很欣赏诗中驾驭有度、张弛自如的叙事风格。从某种程度上,也可以把它视为一首谈写作的诗。写作与生命的深层关联得以揭示,在诗中,写作与空谈、读史以及诗人自身的生活形成融汇关系,他人的历史与"我"的现实彼此生发相互扭转,以至形成"我"哀前人、后人哀"我"的局面。(程一身)

江汀诗一首

江汀,安徽望江人,1986年生,毕业于青岛理工大学,现居北京。参与发起北京青年诗会,著有诗集《明亮的字码盘》《来自邻人的光》《寒冷的时刻》。

寒冷的时刻

寒冷的时刻,
我生存在你们的谈话中。
转瞬即逝。前面是一个女孩,
她正慌张地走上公车。

车厢里的空间如此蓬松,
被宇宙吸引,从窗户溢出。
漂浮在文学史中,也失去清醒,
时间被搅拌均匀。

自然在回收。它关注一块碎片,
甚于整座城市的厚重灰尘。
抽象的生活适用残破的比喻。

睡眠困难将访问楼群。

忧愁从座椅升起，作为两千万分之一。

我走下车，忘记人和世界的紧张关系。

注："自然在回收"语出诗人王炜的一次口述。

选自江汀诗集《寒冷的时刻》漓江出版社，2015年9月

评鉴与感悟 ——

这是一首写于夏天的诗，题目却是"寒冷的时刻"，与其把它们视为"紧张关系"，不如当成悖谬处境。它表明内心的感觉与季节无关，甚至与季节的氛围相反。整首诗写的应是诗人夏天乘坐空调公交车的体验，在窗外热车内冷的特定时刻，诗人在乘客的交谈以及对乘客的观察中晃动于情思内敛与失神状态的轮回里。这是一首充满警句的诗，而且具有中国古诗般的凝练，体现了诗人对现实的高度转化和艺术提纯。生活在此类外热内冷的悖谬处境中，即使在都市里拥挤着，人也是孤独的，于是我们看到从座位上站起的不是"人"，而是"忧愁"。（程一身）

梁小静诗一首

梁小静，河南洛阳人，河南大学文艺学研究中心2013级在读博士。

树林深处

继续往树林深处走，我的困意消失了
不再像前面，主要林木下杂草、树叶被清理
这儿齐膝的草自由、放松，
抽出蓬松或者紧凑的穗果。
枯茎在新草底部匍匐，
保留着从基叶到穗子的干草黄，
显然没有后勤园艺部的工人深入此处，
我曾看见他们停下，取出被草末卡死的转舌
过几分钟重新运作，
但，那仍然是多伶俐、多么快啊
两节课的时间草就从土壤转向车斗，运走
让低地长出强烈的空白

一截腐木疏松多孔，像微妙的山峦
分泌蚂蚁，在我的枯坐上下
油细的指甲盖长短的虫，离我五寸时停住

用狼尾草退回它时，它幽默地装死
背后有刺拉拉的声音
扭头看一只鸟逼近草丛
这时候，那只虫不见了

既然不是因为疲惫和厌倦才停下
那就还往前吧
在踩着凸起的砖垄才逐渐平息花粉、叶刺和风媒种子时
这片草地忽然结束
从短直的矮垅开始延展一块仔细规划的菜田
开花的都虚笼笼，长叶的绿而准确
菜园的前面是紧密的树篱，没有出口
我转身踏上原路，心里纳罕，
原来不是人迹罕至，而是无痕地抵达深处。

选自新浪"梁小静的博客"2015年5月10日

评鉴与感悟

如果说弗罗斯特的《林中路》表明的是横向的路的选择问题，那么梁小静这首《树林深处》所要探讨的就是纵向的深浅、远近、行走与到达的问题。但是，无疑它们都充满了形而上的意味。只不过弗罗斯特的选择的路是无法折返的，而梁小静在看到"菜园的前面是紧密的树篱"没有"出口"时，则不得不"转身踏上原路"。而且从某种意义上讲，本诗可以看做弗罗斯特走上那条人烟稀少的、看上去更美丽的路的一种延伸。当诗人选择一条人迹罕至的路时，面对的也许不仅仅是无法折返，也许本身的人迹罕至也被证明是一种假象。对此，诗人并没有给出自己的答案，而是用自己行动来说明，同时抖了一个意味深长的"包袱"，戛然而止。（景立鹏）

年微漾诗一首

年微漾，80后，福建仙游人，突围诗群成员，著有诗集《一号楼》。

这个世界两点了

这个世界两点了
有人在手表里弄丢了时间
有人在地图上忘记了归途
弄丢时间的人调整时差去了西半球
忘记归途的人牵走树影拴在东大街

这个世界两点了
有人闭紧嘴巴出生
有人睁着眼睛死去
闭嘴的人恨我恨到咬牙切齿
睁眼的人想再见我最后一面

这个世界两点了
有人吞下水银结成盟友
有人剜除心脏变为仇人

吞水银的人说过了今夜就会戒酒
剜心脏的人说出门左拐天色尚早

这个世界两点了
有人在妻子的身体里驰骋
有人在情人的背影下哭泣
驰骋的人看不到帝国的边境
哭泣的人能听见蚂蚁的回音

选自《福建文学》2015年第3期

评鉴与感悟——单就诗的形式来看,年微漾的写作似乎充满了一种"企图性",一种想象方式和处理方式上的"突围"。《这个世界两点了》中,诗人把时空、生死、爱恨情仇等丰富的人生课题通过整饬的对比性句式焊接到一个特殊的时间节点上,使得戏剧性的表达获得了一种更加强劲的张力和寓言效果。(景立鹏)

刘化童诗一首

刘化童，本名刘旭俊，1985年生于上海。用真名以右手写批评，用笔名以左手写诗歌。批评领域涵盖诗歌批评、文化批评以及当代艺术批评。为多家媒体撰稿并开设专栏，著有诗集《往世书》。

悼亡——给所有可能死去的人

抬头望一眼黄梅天，仿佛就能看见死亡
高高在上的积雨云被挤压进呼吸
像是几瓣布满了气肿的肺叶
突然，在体内舒展

翻开身体，读一读它的潮湿
谁还会携带着木质的梦
用身躯的朽坏散发出灵魂的异香
直到被蚕食、蛀空，越来越轻

看看吧，天上的黄金
在暴雨骤降前，哪里都是豪华的坟场
我无法背负着沉闷，从这里步行回家
也不能朝着光明的方向逃离死亡

沉默着，终点总会迎面奔跑而来
哪怕在晴天，避雨的人也要原地留守
总有一天，你和朋友的名字
长留在墓碑上要远多于偶尔见面的问候里

选自刘化童豆瓣小站（2015年7月17日）

评鉴与感悟

江南的潮湿，阴雨天，再加上身处都市的疏离感，带给这位上海诗人一些特殊的体验。有关死亡的想象，似乎也不免被郁郁之气笼罩："抬头望一眼黄梅天，仿佛就能看见死亡"。数年前，上海女诗人陆忆敏写道："我希望死后能够独处/那儿土地干燥/常年都有阳光/没有飞虫/干扰我灵魂的呼吸。"（《梦》）诗人对身后所处状态的向往，几乎一定源于身体厌倦潮湿。水原本是滋养式的，在更微小的生存体验中，却又是腐蚀性的。譬如阴冷和阴雨滋生的苔藓与蚊虫。联系两个文本，我们会在刘化童这首诗中发现有趣的反差："潮湿""朽坏""灵魂的异香""蚕食""蛀空"。和干燥相对的，是潮湿对身体和灵魂的干扰。渗入骨髓尚且不够，还要渗入死亡。第三节中，诗人道出了无法逃离的"沉闷"，却心有不甘，以"黄金"和"豪华的坟场"营造出死亡的气魄。生死各占据一半，生的漫长却对位死的一瞬间，以死亡孤注一掷，未尝不能突围沉闷。诗歌的结尾即突围，压抑与疏离似乎终能缓和。"给所有可能死去的人"，然而我们都会死去，然而我们也或许还没死去。所以，并非以死对峙生，而是以容纳死的那个视野，去化解生的处境。（曹梦琰）

田晓隐诗一首

田晓隐,1985年出生于湖北省保康。现谋生于深圳。有诗歌发表于《诗歌月刊》《中国诗歌》《西部》《滇池》《文学界》《散文诗》等刊物。诗歌入选《2013年中国诗歌排行榜》《2014年中国诗歌排行榜》《2014年中国诗歌精选》等年度选本。曾获得首届淬剑诗歌奖。

荒年书

有月光从窗口溢出,钟声敲响
磨盘碾动般撞击柳树
高于河水暴涨的柳树
让菜圃里葱花纷纷凋谢的柳树
像婴儿手臂敲打窗户的柳树
必有月光,另一块坚硬的月光
静观河水一夜间的辗转反侧
柳树像一个祈祷的人
一整夜对着河面叩首,一叩再叩
这一次磕头,月光往云里面闪腰一次
天亮的时候,没有人怀疑这一夜的不幸
失眠的人数了一夜的羊

失眠的人看懂了羊眼里的白天

羊眼里的羊圈空空荡荡

别着腰刀的屠夫栖身暗处，或者黑白交界地带

屠夫的夜晚是凉水煮豆腐

柳树在一场风的哀悼声中把柳条绕成花圈

选自《宝安日报·打工文学》2015年8月23日

评鉴与感悟 —— 折柳送别，"柳"即"留"，却终归留不住，自古如是。田晓隐这首诗中，"柳"贯穿始终，它想要留下什么，却留不下什么，它的矛盾制造了生命与时间的荒芜感。是为荒年书，折柳写就。（曹梦琰）

张映姝诗一首

张映姝，生于新疆石河子。2007年毕业于中国艺术研究院研究生院，文学硕士。新疆作家协会会员。已在《诗江南》《扬子江诗刊》《诗建设》《中西诗歌》《中国诗歌》《星星》等刊物发表诗歌多首，出版诗集《沙漏》。有诗歌入选《中国大诗歌（2011年卷）》《2013中国年度诗歌》《新诗写新疆·喀纳斯诗篇》《天山文萃》《绽放的新疆》等诗歌选本。现为新疆文联《西部》杂志社副总编。

正午，塔兰奇

一个人放逐荒原，喘息
像伊犁河谷一粒种子的生长、蔓延，悄无声息
第一张犁铧，播下的是血汗
收获的是魂灵：
正午的光中，汁液涂抹，草的灵息
绽放于少女的长眉
香气氤氲，热的馕，冷的酸奶，蜂蜜色的冰糖，
随手可摘的瓜果……诱惑着异乡的饕餮者
手鼓阵阵，优雅的白发长者舞进青春之光
岁月的酒窝流淌着爱，和满足

葡萄架下，天籁之音木卡姆顺着藤蔓
延展出我们想要的生活
塔兰奇，是朦胧面纱下波光流转的新嫁娘

选自新浪"我们西部的博客"（2015年4月13日）

评鉴与感悟

弥漫着异域气息，具有地理学、生态学和文化学意义的新疆，就像俗世中的"世外桃源"，是一个独特的存在。即使在政治一体化的20世纪50年代，新疆仍然会在规训与反规训、禁锢与反禁锢的夹缝中，小心翼翼策略性地做到最大限度的诗意书写和传达。这首诗仍然延续了"世外桃源"这一特质，诗人将之赋予了一个地域（伊犁）和一群人（塔兰奇）。作为游牧文化中的"异类"，"塔兰奇（人）"没有选择逐草而居，而是执着于农耕和土地开垦，执着于"扎根"和建造家园。张映姝以唯美的笔触，通过历史的和异域的双重时空扩展，深情、诗意地书写了"塔兰奇"历史，再现了美如"新嫁娘"的生存景观。被放逐荒原其实也是一种获得，"播下的是血汗/收获的是魂灵"，是"爱和满足"，是一种归属感，这才是"我们想要的生活"。（范云晶）

王向威诗一首

王向威，1986年生，河南项城人，2009年河南大学毕业，曾获未名诗歌奖（2007年），著有《拿云的心事：断片选2005—2013》，现居郑州。

还乡

篱笆和土锅的用途，一个荒废一个在残喘
失传不可怕，他已学会网购，此处如暂住
此生是借用，耕种的快节奏长出粮食和花

点点手机，冒失的火车，六小时送他到家
土地被圈，路口榆树做成棺材埋进了土中
多么亲切迅速无聊，他睡觉怕看夜晚窗户

从他们中间，谁捉弄了他，他在他们中间
离开才像回家。他看到棉花就想起了睡眠
他胃里的虫呕吐、攀爬着，他们打着毒药

天天偷吃他们的安眠药，河沟枯寂如缺血
垃圾中转站住了人，是讽刺还是新的转化

少看、不准再看,他突获的视野想要近视

不溯源不往下,新盖的楼房和老朽的生命
电视带来教育、掺杂谬误真知,跃跃欲试
盘起的南瓜秧缠他们的脚去老中青按摩店

夹杂着白发与黑发、爱与恨、出走与归来
拥抱很难,目光游移别处,下水道不畅通
发硬的馒头,寡言的嘴巴,每天吃、攀越

带回的异乡在故乡证明了他的漂泊,长辈
以及长辈的长辈,他看到死亡的豁口依旧
村庄分娩阵痛,哭声质问着、难受着你我

他半夜起床坐在庭院,像发明新乡居方式
对面虫蛀的空宅,他想猛抓一把那些声音
半月形的月亮,镰刀一般,荒草越割越旺

选自《青年文学》2015年第8期

评鉴与感悟

有关还乡的永恒主题,一直被诠释着。王向威的《还乡》,呈现了畸形的异化过程中,越来越荒芜的故乡:"荒草越割越旺。"以及,越来越空虚的生活:"对面虫蛀的空宅。"离乡,在漫长的时间中,就成了永恒的出发。而思乡与还乡,也为这曾经的意气风发打上了注脚,往往是蹉跎,往往是白发。诗人说:"带回的异乡在故乡证明了他的漂泊。"暂住的空间,将身异化为永不再适宜原住空间的身。借用的短暂一生,也让心永远漂泊,回不到初心。无论怎样还乡,我们还是一生都走不回去。(曹梦琰)

古赫诗一首

1987年生于北京，毕业于中央戏剧学院。诗人、作家、编剧，创办圈套诗社。"同谋者"诗歌运动发起人。

你也并非自然之物

你也并非自然之物，你与人类一起过早的出生
（从自己的身上剥离，并为自己命名）
可预见的图像中，不是灵魂也不是肉体
而是一种自觉。
原始的泉水，在布满尘土草屑的刀痕里
漩荡。"这是追赶与流亡。"
你宣称：你早已来到世界的边界。
看到模糊的石刻上，豺狼与蝗虫
确曾秘密的存在过。
他们就是郁郁寡欢的人、开怀畅饮的人
是沉默与喧嚷的旁观者。同样，你也自责。
（这都是自哀自怜的说法）
因为一同见证的人都已作古。
于是你弦索不断，你唱：
"我就是被你的历史所淹没的人，

此时的我就是此时的风暴"

选自古赫豆瓣主页2015年9月30日

评鉴与感悟
——

里尔克在致茨维塔伊娃的信中,对括号有过一个非常美妙的形容:"我如你一样地书写,如你一样地从句子里向下走了几级,下到了括号的阴暗里,在那里,拱顶在压迫,曾经开放过的玫瑰的芬芳在延续。"在句子里,括号连同它之内的,都处于次要位置。降级的、阴暗的、被压迫的成分,奢侈地出现于诗行中,也是为了拆穿,让面具掉落。恰如诗题:"你也并非自然之物。"首先是身份被拆穿:"(从自己的身上剥离,并为自己命名)"。其次是言说被拆穿:"(这都是自哀自怜的说法)。"激情只是在文本被编织的过程中产生?然而,当括号内的拆穿者拆穿了什么时,被压抑的它是否会让曾经动荡的心绪逸出?诗人说:"此时的我就是此时的风暴。"(曹梦琰)

周鱼诗一首

周鱼，1986年9月生，现暂居福建福州。

日子

他关上一间里屋的门。愤怒的
最后一声。另一间，在诅咒之后，在那盏台灯旁
她继续坐到那，试图忘记晚餐的沉重，
拿起那件没织完的毛衣，继续织，最后放下，
开他的门。这一日快要结束时，
他和她开始沉默，冲突的浪潮停止，
都没有想到那里总预备着第二个日子，一段
副歌部分，会继续被那双手拾起，把他们
填进音符，像将棉花塞进枕套——
没有想到——这就是为什么
持续着。他们从不来到屋外
看看那在里面生活的人，
从不。早餐时，大海早已先于他们
醒来，暗中盯视，准备随时重新冲进他们视野。

选自周鱼豆瓣主页2015年10月1日

评鉴与感悟

这貌似一首旁观者的诗,也可以说,诗人和诗中的"她"保持了最大限度的距离。一对夫妻的日常生活整体处于诗人持续的观察中:他们的争吵,他们的僵持,他们的和解,以及他们争吵、僵持与和解的轮回……"他们从不来到屋外看看那在里面生活的人,从不。"这句诗富于智慧,它可以解释他们的日子为何充满了争吵。那么,他们为什么不"到屋外看看那在里面生活的人"呢,这是人性的痼疾,还是人性的局限?(程一身)

杨碧薇诗一首

杨碧薇，1988年生，云南昭通人。

情感剥削

远离他吧！
那剥皮之人，你看见他动手了吗？
嘘。
最血腥的行径，必然是无形的。

你已成为主妇，
困于世事的庖厨里。
单相思、小暧昧、性幻想，统统被油烟拦腰折断，
真话被抽了筋，
透明的鱼，在沸腾的肉汤里止不住动弹。

他在欺诈，你也欣然决定
英勇就义。
周瑜打黄盖，他冷落你，你猜忌他。
这和平的筵席，
惟奉承是神圣，

来来来，交杯酒不可辜负。

他不脱人皮，你又何须
用眼泪贿赂黑暗。
伟大的事物们，哪一个会怜悯你身后的灰影。
此刻，你握住世界的界，
在掌中滑动的，
不过是一条冰冷的竹叶青。

选自《青年文学》2015年第10期

评鉴与感悟

80后美女诗人杨碧薇以情感为切入点，俏皮又尖锐，甜蜜又无奈地对"现实"与"爱情"进行了辩证思考。在这场理想与现实、真实与虚假的博弈中无所谓胜利与失败，或者说没有胜利者，"周瑜打黄盖"一句道明了真相。"单相思、小暧昧、性幻想，统统被油烟拦腰折断。""情感剥削"是剥夺也是给予，是得到也是失去，想拒绝又充满诱惑，想逃离又无处逃遁。当个性以爱情的名义向现实妥协，被现实蚕食和掠夺以后，身陷其中的饮食男女只能带上虚伪的面具继续扮演各自的角色，这无疑是可悲的。整首诗最深刻、最刺心的一句是"最血腥的行径，必然是无形的"，感情只是诗人的思考入口，充满悖论、真假难辨、被迫改变的又何止是爱情，还有人生。在真假难辨的世界里，所谓的拥有其实只是一种幻象，"在掌中滑动的，/不过是一条冰冷的竹叶青。"（范云晶）

方李靖诗一首

方李靖，1989年生于贵州铜仁。同济大学结构工程专业研究生在读。有作品发表于《诗刊》《星星》等。

钻孔

谁与我共同领受大地的震颤？
一次次。当灰色水泥
接受那枚钻头的反复冲击
——路面形成弹洞的阵列

弃绝一种轻盈，钻孔机。
履带的重量把你平稳地束缚在地面。
尽管生就一副修长的脖颈，来自
仿生学上的鹤氏祖先。
铁打的长喙更像一截笔尖，
那种深入大地式的书写
正被巨大噪音翻译为耳膜的痛感。

黑暗已经积攒了多少年？
一道封锁地下的大门

正是水泥路面:当弹洞
继续打通被历史压密的地层,
像不断拉长的镜筒,对准地核幽深。

在这里,在平静的沉睡之上
我曾走过无知的全部童年。
第一次,我看见钻头携带黑色淤泥
连同局部破损的硬块,
在众多反省的目光中晾晒。

那来自内部的觉醒是多么困难
我需要外力再一次贯穿。
当我不再以童贞领悟这个世界,
谁与我共同领受大地的震颤?

选自微信公众号"我的诗篇"2015年10月14日

评鉴与感悟

当咏物的深心凭借汉语的遗传密码由古入今,面对旧山水被改造圈化后的新风景,抑或置身于跌宕着善变的现实场和物体系,诗人们必须一次次重新校正词语的方向感,才有可能弥合"象"与"意"之间的现代分裂,以期能切中我们时代的万物死生和万古愁绪。而同归过程中的殊途之上,则不得不各自为战,且须冷暖自知。抵达目的地的诗学方式之一,即是化陌生为亲密,如方李靖在这首诗中便将汉语不常言说的"钻孔机"想象为带有古典之喙的鹤。化解陌生,意味着将突入的物象化解为言说者的命运共同体(诗句中的"翻译"一词则提示出化解过程的艰难),于是,"钻孔机"的工作被赋形为"深入大地式的书写",它探入言说者的童年,打通过往与此刻的意义通道,写作便也成为这样一种行动:在充分的钻探自我之后,以成熟的意志走入他者的世界。(王辰龙)

张慧君诗一首

张慧君，1989年生，青年诗人，文学爱好者，北京大学医学部临床精神病学与精神卫生专业在读博士，曾获得第七届"未名诗歌奖"，作品散见于《诗刊》《星星诗刊》《诗林》等刊物。

约翰福音第二十一章

提比哩亚的海，容纳诸多金黄的神迹。
破漏的渔网，整夜默祷。我刚刚痛失了你。
比起约拿哭泣一棵朝夕相伴的遮阴的绿蓖麻，
世界失去你更残忍。彼得撕裂衣裳，跳入海。

我和约翰、多马，坐在隐退的小船中，
牵着长引绳。海呈献一种奇特的夜色，
海卷入凄厉的鸥鹭，海绝不会改变色温，
海喜爱聆听一种消融一切的音顿；

我们整晚都瘪着嘴。玛利亚也痛失了你。
玛利亚比所有人都更深情，她的长发
是止息于真哪哒香膏的遗世的爱。我步上岸
在贫瘠的滩岸，棕褐色的礁岩之间

我步上鸽子卵壳般的雾,天亮了——
这颗晨星坐着。他穿着寻常的衣服,
预备了炭火,支炉,冰冷的石头
一份朴素的早餐,有鱼,也有薄饼。

我时常错愕于,这种跋涉人的梦。

选自张慧君(嗜彼小星create)豆瓣主页2015年1月29日

评鉴与感悟

神迹,可追溯到《圣经·创世记》的开头:上帝说要有光,于是就有了光。裂隙中的冲击力,即我们对于神迹重新的、可能的言说,或让它显现的方式(无论最终是否能够显现)。张慧君的这首诗,则从一开始就进入了神迹的氛围:"提比哩亚的海,容纳诸多金黄的神迹。"这未尝不是一种对文本的指涉——有关福音本身和对福音阐释的种种指涉。"我"进入这样一个众多文本的交汇地,言说神迹的失去与重现。裂隙出现在结尾:"我时常错愕于,这种跋涉人的梦。"这里的"我"让前一个"我"变成了一种被讲述。也就是说,"我"的"跋涉","我"于"跋涉"中经历的种种,只是后一个"我"的梦。这是否是一种对神迹的消解?抑或,这让"我"也错愕的那个跋涉于神迹中的"我",才透露了什么?我拆穿了我讲述的东西,然而它依然是真实的。原本,裂隙动摇了无可置疑的上帝说与基督说。不过,既然对于现代人来说,让神迹瓦解的裂隙已是被默认的存在。那么反过来,裂隙其实让神迹之光重新渗透我们的处境,制造出现代空间与现代生活的裂隙。梦和文本,将是针对一切神话的裂隙,无论是神迹空间中的神话,还是祛魅化空间中的神话。(曹梦琰)

弋戈诗一首

弋戈，原名赵高忠，青年诗人。出版有诗集《潜逃之鱼》，曾任中央民族大学朱贝骨诗社社长，创办《朱贝骨诗刊》。

此间

你不能在此间听到我的轻唤
不能在消失中醒来，告我一朵梦
我已永远地丢失了你
就像盘桓在城市的雪片，丢失了盛夏
就像书稿里并不突兀的别字
丢失了原意

你远远，在我视力不及的地方
你掩嘴哭或者笑，你回忆还是继续扭曲
你听风叫嚣，在蓝色的镣铐里吞吐
你爱上此间被你遗忘的一切

除了我，像一枚玩具倾斜着身子
摆在你的身后。然多久才能在浩渺的感伤里寻你
在夜繁复的叹息里，把闪光的星斑

嵌入我们各自的过去，我已永远地丢失了你
就算你此刻多么动人

选自弋戈豆瓣主页（2015年1月28日）

评鉴与感悟

这首诗在"丢失"的此间，倾注了强烈的悲痛、遗憾和挽留。在"此间"这个片段，"我"与"你"有一种无限迫近又无限远离的距离。"此间"的你，是在永不停息的时间之流，一朵打着飘的美丽浪花，终将在漩涡中消逝得无影无踪，"我"清醒地经受着这种"丢失"，却无能为力。"你爱上此间被你遗忘的一切"，在"此间"沉醉的"你"，是否能感应到"我"的"浩渺的感伤"？"丢失"是每时每刻都在发生的，与丢失之物告别是我们需要一生研习的技艺，尤其是与自己有亲密的血肉联系的人告别。有人将告别化为一声轻盈的叹息，而这首诗以一阵悲哭来深深铭刻。（万冲）

王家铭诗一首

王家铭，1989年生于福建泉州，本科毕业于武汉大学中文系，硕士毕业于上海社科院文学所。曾获樱花诗赛一等奖。作品散见于《诗刊》《诗林》等国内诗歌刊物，并选入2012年长江文艺出版社《武汉大学诗人诗选》。与友人李浩、黎衡等合办诗刊《阶梯》。现居北京。

友人将至

友人将至
而未至。我在黄昏的房间里
细数那渐渐稀白的针秒。
窗外有风物，人群各自繁忙。
夏日很小，天色正缩进楼道。
我回味晚餐的温度，
它像女士清凉的裙子，
应该有多种珍爱的方式。
或许只是变暗了，这一整天，
这漫长阴影里——
罔顾一切的忧虑。
回忆中消逝的时间，摆成了
身体的异域。心的另一个豁口，

始终胆战着,陈述未及的经验。
友人将至,我看着越来越少的光,
从枝丫平移进枝丫,从一则事实
没入遐想的虚无当中。
五月昏沉,没有什么值得反驳,
一帧映像,它即刻为旧,
抓取了我生命的偶尔。

选自王家铭(随澜)豆瓣主页(2015年5月23日)

评鉴与感悟

这首诗首先给我留下深刻印象的是几个偏正短语:"黄昏的房间""晚餐的温度""身体的异域""遐想的虚无""生命的偶尔"。在我看来,正是这几个短语一步步推动着诗意的建构和完成。很容易发现,这几个短语本身在意义上都指向某种消逝,它们使抒情主体陷入的不是未来,而是"回忆中消逝的时间"。但是,这首诗的高妙之处在于,诗人抒写回忆,使用的并非单向度的过去式,而是使自己置身于将来时之中——"友人将至/而未至",起始的两行就完成了时态的制造。抒情主体仿佛坐在未来中开着倒车,等待友人,等待过去与未来猛然相撞的一瞬间,它正是抒情主体等待中的此刻,是"生命的偶尔",它虽"即刻为旧",但诗人却在诗中为它制造了一次珍贵的静止,这静止之中包含着三个时态。这首诗虽云短制,却富时光,在狭小的体积中酝酿了巨大的时间之力,让我想起普鲁斯特的《追忆似水年华》。在等待中,时间耗尽;但诗人用"遐想的虚无"将它再次填满,并赋予更多,虚无未必是乏味,也可能通向某种趣味:罗兰·巴特说,等待是人类最古老的游戏。(李海鹏)

尔图格诗二首

　　尔图格，本名：玉苏普江·麦麦提，1989年出生于巴楚县。2014年毕业于新疆农业大学。青年诗人、翻译。诗歌、译作发表于各类维吾尔文刊物。鲁迅文学院少数民族培训班学员。现为新疆大学硕士研究生。

姑兰姆汗

那个满是灰尘的院子是你的心灵

选自《西部》2015年第7期

评鉴与感悟

诗人有一种敏锐的与自然通灵的能力，在物我分离的世界里，却表现出心与外物的混融状态。诗人把心灵沧桑的时间和空间体验具象化，凝结为一个的空旷的意象——积满尘土的院子，在有限的形状里有无限的容量，诸如卞之琳先生的"圆宝盒"。这句短诗里有一种化动为静、举重若轻的力量，妙哉！（万冲）

雨水在哭的是我

1
雨水在哭的是我

2
雨水在哭我
眼泪落到树枝、荒凉
落到花朵、石头

雨水不知道自己在哭的是我
秋天知道
雨水在哭的是我

3
下得真大
对牙疼无效的雨

4
雨水在哭我
眼泪落到山上
落到我深爱的长发上

雨不知道自己在开花的是我
还是秋天明白
雨水在开花的是我

5
别忘带雨伞
雨还会哭我

选自新浪"尔图格的博客"2015年8月6日

评鉴与感悟

古往今来，写"雨"的诗歌不计其数，李商隐的《夜雨寄北》"何当共剪西窗烛，却话巴山夜雨时"，杜甫的《春夜喜雨》"随风潜入夜，润物细如酥"等等。在诗人主观视野之中，雨要么是人物活动的自然环境，用以烘托人物的心境，要么作为吟咏对象，获得拟人化的人格特质。雨似乎从来没有获得自己的独立地位。而《雨水在哭的是我》则新声别求，从"哭"的角度发现"雨"的行动主体地位，又否认了"哭"的对象（雨水并不知道在哭的是我），雨不再困于人的世界，而有了自己的独立位置。诗歌是一门命名的艺术，用精妙的词语召唤出物。《雨水在哭的是我》发现了一场自由之雨和独立之雨。"雨水在哭我"，"我"感应到与"雨"的亲密的私人关系，将"雨"从公共经验领域转渡到个人经验领域，重新确立了个人与雨的联系。（万冲）

夏超诗一首

夏超，1989年生于江苏徐州，写诗译诗，获北大未名诗歌奖、武大樱花诗歌奖。2011年赴新疆布尔津支教一年。著作有《一边疆》。现于天津大学化工学院读研。

初夏的地址

上升的温度裹挟时代的暗流，
吹动消费主义的柳絮，阳光微沸。
人们戴口罩和肺，露出怯懦的勇气。

我从餐盘和残屑中起身，收回
谋生的隐秘面目，走在建筑阴影中，
尝试降温，冷凝一滴反思的馏分。

远方的楼盘未竣工，被轻霾笼罩。
一位中年男子挤入一座虚胖的银行，
在泡沫中打捞家庭生活细瘦的倒影。

我能摆脱什么？只是徘徊着伪装，
像懒散的饱腹者， 望枝上的槐花，

取出记忆的道具，排演一段即兴剧。

小店老板的一天黏软而不易打发。
她被自我的目光锁在烟酒饮料间，
仿佛她的一生同样零售。

终点是伪善的归宿。恍惚之间，
我刚刚穿过一座虚无的山谷：
你向我透露的地址，被我反复遗忘。

选自夏超微信公众号"一边疆"2015年4月30日

评鉴与感悟——

如果我们将目光暂时从诗歌内容中稍稍上移一点，就可以看见一个充满意味的标题——《初夏的地址》。这个标题一如这首诗歌一样，如同在我们的时代寻找一个接线员，让人心中生出一种无处安放的虚无。这首诗歌中满是这个繁华年岁的荒芜风景，以及一个被抛掷于这风景之中的人。他不断地发问"我能摆脱什么"，却同时也在思索"摆脱后我将要去哪"。对一个地址的疑惑不仅仅是对抵达的疑惑，也是对我们现在所处境地的疑惑，徘徊的生存状态使我们落入困境，而我们只能选择反复的遗忘。（肖炜）

杨国杰诗一首

　　杨国杰，1990年生于河南嵩县，写诗，偶有随笔、小说。作品入选《2014诗歌选粹》《河南诗歌2011》等年选选本。著有诗集《雪里省》，现为洛阳文学院签约作家。

回乡记（三）
　　——写在父亲63岁生日上

已经是因为完成而显得剩余的路上
故乡变得耐磨而羞耻
已经是不问变化，不再——期待。

爸今年贵庚？
儿女为他日益消解的辩词穿上时代新衣
外孙忙着超脱，忙着新语言
（我才不管镇上使用什么语言）
我为他们设置悬念
——他们的催老术加重我的疑问。

依旧是肥皂味的院中
我曾几度翻身，或是少时掀开门帘

发现空无一人，或是和同学就着星光醉酒
在你的呵护下，闹着革命与爱情。

爸，我总是克制
因为相识总是半世。

选自新浪"诗人杨国杰的博客"2015年8月20日

评鉴与感悟 ——

在现代社会里，人们可以凭借便利的交通穿行于世界的各个角落，也可以在科技制造的各种装置性空间中流连忘返——人的空间体验丰富乃至泛滥了。在这种处境下，故乡何为，乡愁何是？如那条已经完成却显多余的公路，故乡早已在急剧变动的时空体验之中被淹没，过了效用期而显得不合时宜；就连"故乡"这个词语也在各种新潮语言的冲刷下被置若罔闻了。但深藏在记忆中的肥皂味的气息和少年时期的激情与梦想，是无法被约略掉的。"我"与"爸"之间只能相依半世的情缘，让"我"珍惜与敬重，因而在语言和行为中保持克制。这些美好记忆和强烈的情感体验正是故乡的根基和乡愁的源头。（万冲）

李海鹏诗一首

　　李海鹏，1990年3月出生于辽宁沈阳，现为中国人民大学博士研究生。进入大学后开始写诗，酷爱德、法诗歌、哲学、美学及文艺理论。受里尔克、策兰、波德莱尔、兰波、本雅明、海德格尔、罗兰·巴尔特、福柯、胡戈·弗里德里希等人影响较大。在中国当代诗人中间，最心意相通的是天才诗人张枣。

长沙城

> That is no country for old man.
> ——*Sailing to Byzantium, by William Butler Yeats*

一

天时怼兮：旅行者走出轰鸣的车站时
一支浩渺的军队，正从云中降落
神速侵占了这城市中缓慢移动的街道，
惊慌哭泣、瓦砾凌乱的黑色屋顶。

淋漓的进行曲：南方，沐浴着
历史的招魂术。车站上空聚拢的白雾

让人无法辨认,那究竟是上古神巫
传芭代舞,还是近代新军诅咒着蒸汽机车?

雨伞在半空变换图形,不断揣测着
乌云的诡计;十字路口,信号灯潜伏
如刺客,等待着,发射致命的红色——

加速的车辆像时间,妄想着冲破将至的
灭亡。突然掷下的雷霆,难道正是
永恒的赦令?雨水被染红的瞬间,街道血流成河。

二

何寿夭兮:片刻后,阳光嫩笋般抚摸
街边隐秘的小棕榈,而雨水滑落
高蹈的芭蕉叶。低洼处,有人玩味
孩童涉水的魅力,溅起的水花泄露出

被时间击碎的影像。狭长的街道
恍若万花筒:杂错的建筑在雨后拼接
无数深奥的图案。我倾力搜寻着
自己目光的起源,在那里,死生谜题

仿佛炙热的耀斑在黑色瞳孔中沸腾。
晕眩的时日,太阳在初夏举行它
盛大的祭礼:棕榈树冒着烟,像爆炸过后

虚脱的炮弹;也像彗星,来自遥远的
战时岁月。我感到时间正挣脱这镜面般的
城市:两个年轻的亡灵穿过我,携带着往昔的日蚀。

三

橘徕服兮：蜿蜒的植物已开始吞吃
光照充裕的街道，初生的果实忍耐着
欲望和谜样的命运。树影尚未迁徙
而他们拼命拷问异乡的毒性，仿佛枝头

不断分泌的酸涩拼命剜向木的内心。
湿热的季风被长发忘情舐舔，风中包藏的
远方却像一颗祸心，引诱出同学少年
灵肉之间磨难的距离。夏日渐渐盛大

身影覆盖的土地暗中透支着仍然模糊的
使命：他们还不是他们，面对日后
枯坐的德意志，血腥的共和国
他们都还太美，太虚幻，太有天赋；

燃烧的时间宛若蜡烛，终将照亮秋收时节
满城橘树通红的灯语：使命即迁徙……

四

横大江兮：如果此刻，你们已汇入了
你们，请赐我暴虐的东西。从橘子洲
遥望岳麓，日光召唤着千年书院
和远古咆哮的巨兽。视野的景深正引发

怎样的异动：潜龙勿用？目光的风暴里
可隐藏着扭转乾坤的力量。惊恐的
蒸汽船在慌乱中拉响旷日持久的挽歌：
疾速流动的碧绿深渊中，世纪初消失殆尽。

南方的五月，果真酝酿着一场灾祸？
山花烂漫对抗着不可逆的存在；坐落城区的
江岸上，幽魅的建筑群芙蓉般目送远人。

漫长的世纪显现于一座桥：穿梭的车灯
在江面唤醒游龙的形象，诡谲的波浪使它
莫辨真伪；我沦陷在这骇人的风景中，等湘江逆流。

选自李海鹏豆瓣主页2015年8月11日

评鉴与感悟

这组诗最先引起我注意的是它们的形式，意式十四行的诗体和每行开始的古典句式："天时怼兮""何寿夭兮""橘徕服兮"和"横大江兮"，这都是《楚辞》中的句子，而且引用每四字后都用了一个"："，有引领后文的意思。加上诗前引用的叶芝诗歌的原句，所有这些，无疑体现了诗人在融合中西诗歌方面所做的探索。尤其值得认可的是，诗人用融合中外传统的经典形式书写的是现代都市题材，由于写的是长沙，引用"楚辞"就显得很应景，可以说诗人由此写出了一座城市的古颜新貌，其中自然也融入了他的旅行生活和现代感受。（程一身）

马小贵诗一首

马小贵，1991年生，中央民族大学中国现当代文学硕士在读，作品见《诗刊》等杂志。

阿勒屯的黄昏

这是莱麦丹月，整个白天酷暑难当。
零零星星的碱草漫无目的地扎根生长。几只野狗
无力地垂落着舌头，大口地喘息，不断转移寻找
有阴凉的角落，它们懦弱，再也不敢亲近滚烫的
墙壁。一个漫长的夏天把阿勒屯带到了
离太阳更近的地方，全数的呼吸和行走都在
减速。然而黄昏时分，被贬谪的风景竟然
重获漫步般的自由。紫色苜蓿和金黄色的麦穗
伴随公路无限蜿蜒，神游到画面之外。
这不是我从前见识到的荒凉之地
毕竟，预设的判断正在直面自身的虚伪。
田头有几棵向日葵玩世不恭地跳跃旋转，菜瓜
硕大的叶子护卫着年轻的果实，浓密大度
如多水的荷塘。热气消失的时候
炊烟浓浓，几个戴着花帽的维吾尔族老人

手中提着金色的茶壶、切块的西瓜和完整的馕
走向他们简单的清真寺。那里等待开斋的人
铺开毯子，环绕而坐：一个伟大的中心即将
在一个神圣的时刻给予他们充盈味蕾和灵魂的
喜悦

选自《上海文学》2015年第10期

评鉴与感悟

阅读《阿勒屯的黄昏》，会使我们联想到诗人的另一重身份：穆斯林。这首诗基于马小贵的生活经验，是对阿勒屯的一次速写：莱麦丹月的黄昏降临之际，村镇酝酿着蜕变，曾经荒凉的事物放射出前所未有的光辉，"被贬谪的风景竟然/重获漫步般的自由"。在诗歌的收尾处，等待开斋的穆斯林环绕而坐，那个"伟大的中心"加速了这一过程，此前沉重的气氛被"充盈味蕾和灵魂的/喜悦"所取代，万物转入轻盈而安宁的状态。从节奏的控制上看，《阿勒屯的黄昏》不失为一首佳作，遗憾的是，某些稍显拖沓的修饰影响了叙述的精度，诗歌的力量也因此受损。（蒺弦）

苏画天诗一首

苏画天，本名刘远航，1991年生于河南睢县，后移居新疆。写诗，兼事翻译和小说创作。作品见载于《诗刊》《诗林》《上海文学》《诗建设》等刊物，并收入多种选本。曾获第八届未名诗歌奖（2013）、第三十届樱花诗赛特等奖（2013）等。曾担任北京大学五四文学社社长。现就读于北京大学英国语言文学系。

乌鲁木齐

那些最危险的时刻终于都已经过去
你我依旧像以前那样，尝试着
早睡晚起，习惯那些蔬菜店、厨房
和防暴警察，并为一种安稳的生活
感到快乐。在顶楼入夜的阳台
看远处的塔吊，对话总被沉寂打破

有时候，山水隔绝的消息，夹杂着
隔壁做菜的饭香，从抽油烟机那边
传来，风波往事变得缥缈而有滋味
革命的长谈也暂时被肥胖问题取代

再喝最后一杯啤酒，你就能有勇气
选择辞职，回到边境那个镇子上去
但不断升高的疲惫带来一种舒适感
让我们很快地各自睡去，并从手机
那无休止的震动中梦出了防空警报

致翟雪峰

选自《西部》2015年第8期

评鉴与感悟

苏画天的近作试图凭借整饬的形式节制情感，从而呈现出内敛的品质，《乌鲁木齐》即其中的代表，它冷静而有力地介入了当代中国的社会问题。乌鲁木齐，这座苏画天生活的城市，同时也是国家机器的神经最为敏感的地区之一。在某个"危险的时刻"过去以后，当地居民的生活再度恢复常态，动乱让位于机械的循环，如作者写的，"革命的长谈也暂时被肥胖问题取代"。然而，那些被压抑的部分并未真正消散，而是如幽灵一般游荡在日常之中，随时可能使光滑的社会生活出现裂痕。在《乌鲁木齐》里，苏画天发现了那些"舒适感"被"打破"的时刻，一种危机意识油然而生，如同无休止的防空警报，提示出我们身处的困境。（薪弦）

温子豪诗一首

温子豪，1992年2月生于浙江温州，2009年入读上海财经大学，毕业后赴加州攻读金融学硕士，现暂居北京。曾获光华诗歌奖。

城市志·高速公路

你突然，谈起那条
高速公路，语气就像
谈论自家后花园的走廊。
那里日光充足，满地
明晃晃的珍珠，闪烁着
在车辙中蒸发，孤独
并且喜悦，不像此处
阵雨中的大象，行人们
夹着公文包，关心行情
如一叠双色浪花，倾覆着
轻轨与电子杂志。他们
呼吸、高谈阔论，流水
的背面，摩天楼的明细账。
挤一挤电梯，你目光迷离，
轮动的下午，闲逸并且喧嚣。
而语言变得沉默，湿润

像候车厅里的鲸鱼，紧紧
贴住你的背脊，不发出
任何声响。每个夏天的午后
都在这里结束。你再也不会
遇见鲜活的情侣，人群中
轻盈的手扶车。你可以更
轻盈，跃过银行的旋转门
在金属的边缘，探讨煤炭与
蝴蝶，像看见停电时的星空
并突然，坐在驶往南方的
高速路上，和一个醉酒的女人
打情骂俏，想起天亮时
一个老编辑会穿着丝绒睡衣，
去城市的角落寻找鸟群与报纸，
关心太太的体重，多于世界。

选自温子豪豆瓣主页（2015年8月25日）

评鉴与感悟

在近两年的作品里，温子豪多次以一种从容不迫的口吻谈及自己的生活，他直面现状，但同时满含温情，由此缓解了自我与外部的紧张关系。由标题可知，它从属于一组有关都市风景与生活的素描。"高速公路"作为工业文明的产物，应和了快节奏的当代生活，也疏远于一种精细剪裁的日常；但在温子豪那里，它却被视作"自家后花园的走廊"，因而充当着偏离"此处"的走道，将乘客导向新的次序。可以说，对距离的调控、转换构成《城市志·高速公路》一诗的核心，通过发掘物象的多义性，温子豪重塑了他的居所，地方志不再是对现实的摘录，而是对处境的发明。（蘋弦）

李琬诗一首

李琬，1991年11月生于武汉，现就读于北京大学中文系。

城市

雨前，据说我在最后一个梦中翻身两次，
流着汗，仿佛解除洪水曾缚在父亲身上的绳索。

北方天空抖颤的银箔烧痛我的幻觉，
我感到你母亲般的冷漠，
你敞开烟灰色的伤口等待我从片刻的阴暗中绽出。

这单性繁殖着的空间，我已深深嵌入，
而清晨的拐角和交通系统并不关心
我突然滑出的刹那。

我开始贴紧窗前的雨丝，那玻璃贮存着爆破，
我用眼睛刮开你的眼睛，一层层掀去光的组织，
你加速中的卷门、搁浅的墙壁、正在产卵的车灯……

直到我认不出你，或者你的任何碎片，

直到另一种更纯粹的雨落进我的惶然，
混合杯中的廉价咖啡和时间酵母；
落进我潮湿的起源般的书页，
揭露我渐渐发霉的过程和证据。

当我从理智咬啮的界线中重新醒来，
阳台上冷空气空无依傍，
只有那金银忍冬已高过铁皮车棚，
白色绒毛，细密的刺杀，像一种南方旋律。

你让我在这音乐里漫长地失去，并再一次丧失。

选自李琬豆瓣主页（2015年7月20日）

评鉴与感悟

李琬的《城市》让我想到卡瓦菲斯的同题诗作，后者以温柔的语调诠释了城市与居民之间的共生关系，在他看来，不仅是人寓居于城市之中，城市同样栖身在人体之内："你不会找到一个新的国家，不会找到另一片海岸。/这个城市会永远跟踪你。"由此，我们不难理解李琬在面对城市时显现出的自我思省的深度。原诗中，观看者似乎置身于车厢，一个"单性繁殖着的空间"里，透过玻璃，阅读暴雨中的城市；而城市作为容纳了偏执幻想的混沌图像，也挑逗着侦察者对时间与存在的体验。可以看出，李琬的诗歌拥有同龄人的作品较为缺乏的力量感，她不回避宏大的词汇与恢宏的想象，必要之时敢于直接采取美声的唱法，这些特质都与其精神的历练与写作的自信密不可分。（蕨弦）

安吾诗一首

安吾，1992年生于江西赣州，2014年毕业于北京大学中文系，现居广州。

对话的维度

忍住辛酸的苹果吐出客厅，你隔桌
递给我孤独，哦，初见蟑螂的这下午，
请受着伤，忽略那从健身房归来的
悲愤肌肉。这固定着一个天使的果蒂，
教你我移花又接木：吃呀，吃呀，
租屋毕竟不太像是租界，谁不在室内
的歧路中落下？我们来比比看谁落得更
幽香；屋内遍是不肯认错的空气清新剂，
耍尽流氓之气却仍旧在那道德净土
咬牙。"大肠杆菌般，这时我周身鞭毛，
能运动，无芽孢，主要生活在大肠内"，
且听我一回，大肠内有死人，你亲戚
和我亲戚乘坐这趟慢车，逗我们分食着
那神的游戏：一只皱着眉娱乐的苹果。
别怕，这是曹雪芹的肚腹，绕未来倾倒

苍蝇和玫瑰，但这右手边的垃圾能被
扔出多远？你将那尚未结束的世界
敲出丝丝裂纹，像昨晚路过这屋内的
红灯区时，灵魂突然反跑。沿着
这水泥地面，男人的裤子形同虚设而
女人的脸被关入抽屉；我们会错了
那苹果。抽油烟机将会回来，这生活的
另一个尝试者，看守失去锅铲的厨师：
圣士提反临时医院里，不像我们的我们。

选自安吾豆瓣主页 2015 年 7 月 14 日

评鉴与感悟

在安吾晦涩、躲闪的表达背后，隐藏着他不愿直言的真相，其中有生活的艰辛，有无谓的抵抗，也有两性关系的细节。逼仄的租屋毕竟不像租界，陈列着光鲜的摩登生活，而只是一片被"不肯认错的空气清新剂"充斥的"道德净土"。诗人以此为据点，消化着内部的迷惘与外界的入侵，将私人住所拓展为多层的空间，这或许能够解释"对话的维度"之意。圣士提反临时医院，熟悉现代文学的读者不会感到陌生，1942 年初，年仅 31 岁的萧红就病逝于此。安吾将自己指认为"失去锅铲的厨师"，继而用萧红的孤独境遇呼应他的生活，这种提早到来的挫败感，构成了他诸多诗作的基调。（蕺弦）

兰童诗一首

兰童，1992出生，河南周口人。

对"明觉"的辨析

供我伏案的书桌的四肢是明觉。
教我"入世的支撑仍需出世的经卷"

而我建了一座"嘻嘻哈哈"庙，是明觉。
让我脱身于巨大而悲苦的现实：
我的国家和我的生命都在经受着的坍塌。

小河流，是明觉，它飞舞于天际
诱仙班奏乐，王母邀玉帝洗澡
大宇宙，是明觉，像一口母龙般的深井
含在我的嘴里，我咀嚼，并吐出泡泡

还有更多。譬如老虎、台灯、室内飞过的鸟
和鸟腹中深埋的针与蜜。
谷物的自囚与自救。

这恰恰表明万物皆是丈量我们的尺度。
但我们和它们必得相忘于江湖,
但明觉不分甲乙丙丁,

正如真正的明觉从不被幻觉之眼所理解
——而鸟飞过,不言诗。

选自《钟山》2015年第2期

评鉴与感悟

现代诗歌热衷于调用术语和专名,凭借词汇自身的潜能为读者的想象提供背景,并激发阅读的创造性。题中的"明觉",即巴利文sampaja a或梵文samprajanya,也译作正知,常见于佛教典籍。具体到诗作里,兰童对"明觉"的使用或许并不严格遵循它的含义,他的"辨析"也不指向佛教的义理,但全诗无疑是对根本性问题的一番诗化阐述或演绎。何为"明觉"?在诗中,作者不断地观察世界,然后抛出自己试探性的答复:"明觉"可以是书桌、是"嘻嘻哈哈"庙、是小河流、是大宇宙,如此种种。他有时从中推导出确切的结论,有时并不多说,只为读者出示一个形象。但到最后,诗歌取缔了自己提供过的所有似是而非的答案,"鸟飞过,不言诗",真正的"明觉"或许就在这不被理解的沉默里。(薮弦)

阿迪力·吐尼亚孜诗一首

/ 麦麦提敏·阿卜力孜 译

阿迪力·吐尼亚孜,维吾尔族,新疆叶城人。著名维吾尔诗人,出版有诗集《一个单身诗人的秘密》《海中街》《与石头说话的人》《盖头里面的眼睛》等,文集《夜在先知的故乡》。

皮囊

在博物馆里,我看到的是
铜币、石碑、无主的笔。

无主的笔在写字,
羊活着,却无皮毛,
以死亡的名义。
空的皮毛里积满了无水,
以皮囊的名义。

一个女人从皮囊里舀水,
在黑暗中,从头上倒到下身。

我们在白昼等候,

湿润的长发是黑夜。
我们无法摆脱过去，
除非女孩变成一块凹石。
我们不能走出博物馆，
除非死尸一个个站起来。

历史是空的皮囊，
你是脱去皮毛的羊羔，
我是一个野兽，用白墨水
在你皮毛的内表面写诗。
在活的博物馆里
重复的历史，
永远的人。

走出博物馆，你将看到
我生活在空的皮囊中。

选自新浪"麦麦提敏的博客"（2015年3月18日）

评鉴与感悟

这是一首沧桑的诗，揭示出每个人沧桑的历史宿命。博物馆中陈列的物件，本为保存人类生存和繁衍的痕迹，提示人类悠久绵长的历史经验。而诗人却在其中发现了博物馆的吊诡之处：生命以死亡的名义才能存活，皮毛只有成为无水的皮囊才能抵抗腐烂。在博物馆里，诗人于人类的历史中，发现了个体生命残酷的历史宿命——在时间的风化中，最终成为一具无名干尸。即使是令声名不朽的书写行为，也如"白墨水"一样不会留下痕迹。诗人击碎了人类建立博物馆树立起的历史崇拜幻想，从中辨识出生命个体真实的生活内质。坚冷孤绝的语调中，蕴含着一种警示和鞭策的力量。（万冲）

王琳诗一首

王琳，1991年出生，山东济南人，清华大学中文系硕士在读。

成年

一张实习卡，护送我步入这座庄严的院落
失语逐日伸长枝杈，我被卷进童年的漩涡
多年以来，它勤恳保全每一份软弱

带着一种不言自明，在白昼放弃自我抵抗
水底的话语同时浮起，它正在无声规训
"把灰色和疑问吞下去！别让它影响蔚蓝"

要学习的有很多：比如隔壁那座塔楼的
光滑形象，（在远处它常被最先看到）
每天恐惧男朋友是否关心我的落枕
以及进办公室时需不需要大声问好

而我在运行缓慢的城铁车厢里
瞥见黄昏，霞光隐匿于城市背后
你如此亲切，如同八岁的清晨

借助谎言和花木丛,我在上学途中逃离了所有人

选自新浪"王琳的博客"2015年9月4日

评鉴与感悟

这是一首警觉的诗。诗人发现自己在每天忙碌的学习中已经永别了童年,这种意识几乎可以视为成年的仪式。在繁重的课业中,无数学生泅渡在知识的海洋里,对自身年龄的阶段性变化浑然不觉。诗人的警觉就在这里,她在成年的入口处一再返回"漩涡"般的童年,奇特的是,"运行缓慢的城铁车厢"也逆着时光的流淌把诗人载向童年,让诗人回到了"八岁的清晨","在上学途中逃离了所有人"的时刻。与其说这是"上学途中",不如说是逃学的路。这时诗人不仅"逃离了所有人",尤其是逃离了老师和家长,而且逃离了所有课本。这种"逃离"表明诗人不是拒绝成长,而是拒绝不自由的成长。(程一身)

颖川诗一首

颖川,1991年夏生于上海,毕业于湖州师范,曾是远方诗社社员。获第三届复旦"光华诗歌奖",第三十一届武汉大学"樱花诗歌奖"。有作品刊于《诗刊》《星星》《野草》等出版物。

种种道别

什么是我们联手毁掉的?

让我告诉你:
每一夜,每一个黄昏,每一种爱
都被我说成了死——这是怎样甜蜜的溃败啊
所以我知道,我梦见:那些鲜嫩的幽灵,悬浮着
　　　　　　　　完美以至于色情
你,像先知在下坠
缓慢而迷人,沉溺于消逝的永恒

那从幽蓝的火焰中,向我们不断
袭来的,让我对你说:是更深的蓝
永世翻动的海;呼啸着,一浪一浪
　　　　　　　昨日浅浅的呐喊

一种庞大的空无
转向它自身，轻轻传来金属折断的声音

什么把我们隔开，就让我与另一个你
结合；那在深渊上空熄灭的，也曾在黄昏尽头
闪耀过；什么把我们留在
　同一片水中，就要用一模一样的蓝
　　　来洗涤和淹没；你我联手毁掉的
　　　　　也在未来荆棘的顶端旋转着相融
　你已经不再有色泽，你已经不再有树，不再会沉溺
不再有风摇撼着暴雨，水滴穿破败的石头，不再坠落
我把我想说的说完就离开，不再有你的一半，消失在
你的另一半中
　　　　　　因为向内就等于向外
而疼痛也总有遗憾；因为二总能回到一，一
总能在浩渺的心上打开无数扇门
　　　　　　现在，让我邀请你——
无数的你，每一个你——走进去
　　　　　去那骄傲的无人派对
交换钥匙、硬币和陀螺；在我们彼此的镜面中：新的语言
因沉沦而开启，熄灭的一切再次高升，爱情
重又断送了死亡。只有碎掉的
　　　　　　　还在碎着，毁掉的仍旧是毁掉。它们一个
连着另一个，如我心爱的天鹅成群赴死
　　　　　　　白雪般极限

怀友人，兼寄张枣

　　　　　　　　　选自ParaMusie微信公众号2015年8月23日

评鉴与感悟

送别怀友题材，在中国古典诗歌中是一种常见题材，但其落脚点无非一种伤感的别情的宣泄或寄托。而在现代汉诗中别情离伤之外更有一种积极地、超然的、理性的知性浸染。所谓"种种道别"即说明，诗人的道别不仅仅是一种具体性的道别，而是一种超越古典情怀的现代体验。所以，离别不再是个人的原因和外界的原因，而是"我们联手毁掉的"，是一种"甜蜜的溃败"；所以"昨日浅浅的呐喊"和"一种庞大的虚无"带来的不是逝水无情的伤感，而是"我与另一个你结合"；所以"你我联手毁掉的/也在未来荆棘的顶端旋转着相融"。同时，由于诗人对种种道别有十分清醒的认识，他能够潇洒的邀请邀请友人"去那骄傲的无人派对"，他相信"在我们彼此的镜面中：新的语言因沉沦而开启"。也许在具体性与普遍性的辩证之外是古典性与现代性的区隔。（景立鹏）

秦三澍诗一首

　　秦三澍，1991年生，复旦大学中文系比较文学硕士在读。作品发表于《诗刊》《上海文学》《诗歌月刊》等刊物，并收入多种选本。辑有诗集《人造的亲切》。

雨后致友人

隔着长夜，我听到你内心潮热
如溺水的鱼，正经历又一次失语。

雨停之后，我仍为你寻来雨水。即使
横卧在你我面前的，只是一方见底的泳池。

你沉湎于友情：三年？或者更远。
你想象那并不存在的边界，一年深似一年

——而渐凉的肌肤，已缩成一根磁针
悬在我单薄的心脏上——

也仅是半只塞着棉絮的耳朵。你谈论我

黑暗的心，像是在用溺水的喉咙

发出一枚更沉闷的尾音。
你罔顾历史的样子，如同一个婴儿。

那片模糊的形状，在我将要背过身去
的时刻，伸出一簇微弱的光。

而你无力剪断它，无力将温热的气息捞起
从池水中，束紧自己精致的内部。

雨擦干你的周身，争执中历史将沉降于
反面。凡黑暗之处，必有轻盈的倒立。

选自《西部》2015年第8期

评鉴与感悟

有关孤独，捷克小说家伊凡·克里玛（Ivan Klima）在《爱情与垃圾》中写道："仇恨被错误地当作爱的对立面，但事实上二者是两相并存，它们的对立面都是孤独。"而克里玛的伟大同胞博胡米尔·赫拉巴尔（Bohumil Hrabal）与美国南方作家卡森·麦卡勒斯（Carson McCullers）也各将"孤独"嵌入各自代表作的标题，他们的不约而同，意味着孤独（尤其是置身人群中的孤独）已成为现代生活的宿命一种。这首诗中运行的目光也在凝视孤寂深渊，通过与知音对话的象征行动，言说的主体才不至于没有坠入只身一人的黑洞。为"泳池"所表征，水，隐喻孤独，困溺"你""我"；水，也历经诗意的明暗变幻，以"雨水"为指引，意味着"你""我"内心之声已显形并交汇——"凡黑暗之处，必有轻盈的倒立"，如这诗的休止音所寄寓的那样，水否定了水，在孤独的核心终究有光透出。全诗恍若南方的梅雨期，低回如缠绕的潮湿，曲婉似绵延的低云，但内里却振作不颓唐，仿佛始终等待下一次秋高。（王辰龙）

张媛媛诗一首

　　张媛媛，蒙古族，现为中央民族大学历史文化学院大三学生，曾任中央民族大学朱贝骨诗社第十任社长。

过敏源

树木开始抽枝的时候，你的
手指生出倒刺。啮齿动物结束
冬眠，啃食指甲以化解危机——

易过敏的季节：动物的毛发
柳絮、花粉、酒精和你，一切
物候的变化，都试图传递危险的

讯息。而失准的月信，比雨水
迟来的安稳，在你的皮肤上种满
警示的红斑。

河流开始解冻，你的嘴唇干裂
少雨的城市：春天从耳朵中流出
黏稠的汁液。

选自朱贝骨诗社豆瓣小组2015年4月13日

评鉴与感悟

在春天萌动的情意，处于已动之情和未动之性之间，最为清新可人。这首小诗以"过敏"现象比喻这种突如其来的心理反应，幽微细致，自然贴切。诗中啃食指甲的啮齿动物、皮肤上种满的红斑等意象，精细地表现了娇羞、顽皮、敏感、渴求的身体形态和心理感受。诗人的精巧构思，伶俐的表达，颇为出人意料，而会心之处亦如一杯清新爽口的香茗。实为一首精致的小诗。（万冲）

麦麦提敏·阿卜力孜诗一首

麦麦提敏·阿卜力孜,维吾尔人,新疆皮山县人,90后。2010年开始创作,作品发表于《诗刊》《诗选刊》《民族文学》等,曾获《西部文学奖·诗歌奖》《民族文学年度奖》等,作品入选《2013年诗歌选粹》。出版有诗集《返回》《终结的玫瑰》,译著诗集《无人:帕思安诗选》。为中国作协会员。现就读于江苏大学。

黑鸟

……孤独,在河里从下往上走
黑鸟在他的头颅上筑了巢。
铜铃发出清脆的声响。
穿过黎明,走向爱的黑夜深渊。
动物视角,对人的生活进行反省

黑鸟哀鸣,黑鸟啼血
鸣破了真理的轻纱。
"你的爱在源泉里"
他的步伐踏睡了永恒的夜。

身后:缠绕在一起的毒蛇。沙枣树。山洞

黑鸟哀鸣不止。

身后：厕所。床。坟墓。雕像

面包。杀死人的天空。休息中的虫子

河流淌。黑色水

河岸陌生。路蔓延。下沉的源泉。

星星在眼睛变暗。

天不亮，而黑鸟从来清醒。

选自《诗刊》2015年第6期（下半月刊）

评鉴与感悟

无论在现实生活中，还是在艺术世界里，总有一些人类不愿面临之物，它们被人类用面纱有效地过滤在视线之外。相较于夜晚的黑暗，人更愿意相信和歌颂白昼的光明，从而获得生活的希望和勇气。而这只黑鸟却自觉生活在黑暗中，紧邻死亡、凶险、诱惑，在险境中展开灵魂的历险，于深渊之处追寻爱的源头。这只黑鸟收集到鲁迅先生《野草》中那只恶鸟的"哇"的叫声，以哀鸣和啼血的方式回应，在黑暗中发出生命的光亮。黑鸟的声音，坚冷强硬，在深入世界的黑夜中，顽强地守护着灵魂的亮色。（万冲）

智啊威诗一首

智啊威，1991年出生于河南周口。获第四届复旦大学"光华诗歌奖"，第一届"元诗歌奖"。作品散见于《诗刊》《诗林》《天涯》《延河》《诗歌月刊》《散文诗》等刊物。

一整天我陷入在细节中

去书店的路上下起了雨，我扶着
湿漉漉的自行车，站在
慌忙四散的人群中。我不知道
今天我为什么要去那里。
最近并没有购书计划，那里
也没有急于想见的人。这一切究竟是
怎么了？我为什么没有在出门前看一眼
天气预报。为什么没有在提包里
备一把伞的习惯？客厅
明明有足够的水果，沙发，电影……
供我度过一个闲适的周末。我也
完全可以随便给某一位朋友打电话
聊一点偶像剧或花边新闻。可是
为什么我没有那样做？为什么

我没有选择一种庸常的方式来打发时间
而是,莫名其妙地走出家门
被突然降临的雨水淋湿?

原载《诗歌月刊》2015年第1—2期(下半月刊)

评鉴与感悟 —— 细节的迷人之处正在于交织感,当一种娓娓道来的口吻构建出一种完整的语气时,作为阅读者是极容易陷入其中的。而当这种看似日常经验的描述中出现了一个反日常的场景凸显,便会带来细腻而惊艳的阅读体验。(肖炜)

季稻诗一首

季稻，1992年出生。

入漩涡

我们亲手的插图
飘起又带风的杀笑
灯斩在黑夜，湿润而虚度
冬天之歌坐在外面，也坐在房间里

报纸不断扯碎自己，发出世界不断落下的怪声
但这些不戴表的什么，自笑见绝在时间之中
轻如用倦的烧瓶摇晃着慌张，又躺回了原地

从我的房间到客厅，很多的光
因窗帘而散架，正如这几年里无数的我
被分割到了不同的地方里，彼此盯着自己
盯着在心烂处，也定住钉珠在凝状之中的
无数锁环的繁尘，嬉戏着研究曾在的呼吸
抟风空奏的来信，这经过之甜，
　　　　　　经过之血，经过之坑底

如沉沉陆船嚎出的一次种植!
　　　　飞出缀篇的力量教作我

昨夜泥泞的障路，悲彻无踏空的泪珠
也逐渐，在追认中长成巨像低头并笑话我
这种耗尽羽毛的失落感，一度残绕住我
让我在氢气球中囚拘，升起但不属于我的弱电

这上升之速，它们的辉光
有爱神罢工的万累拔去，凝冻在徒劳的时日
也凝冻在握草相侃的一人之行　　大须看过往
有如纵身错兽，翻刀砍落针织的无数误处

巨像亲我的哀号，回卷静静立成壁垒
这钝重之喘，笨如罪夜的小沙拳
吃芝士圈的文风，难以对位悲衅之心
但光源硬照出了我，精力好比新生的春壳

此时铲土校对时间的人正在沉默
进出命定我们穿梭的境图和角落

而此刻我们的质心，亦即是我们的手上锁
又飘在万无处，无辜愣愣地烫泪
日夜去苦的酒瓶打翻成我新的眼睛
坦路万险，一秒颤抖之后，散诞如软陶
　　　不能生绝的能量回望我，而我回忘着我自己

　　　　选自季稻（他山萌怪周提辖）豆瓣个人主页2015年1月26日

评鉴与感悟

这是一首充满力量的诗。这种力量并非单单指诗中所有表现出来的动态的强力，还有诗中的色彩跳跃、情绪变迁以及每个物象的突现，都像标题一样，在一个强力的漩涡中不断增强着力量，充满强大的撕扯感。任何一个还保有一丝自由意志的现代人，在我们当下都将会面临这样强大的撕裂感，确如落入漩涡一般。而这首诗，也确实以这种恰当的激烈感，还原了一个诗人在现代生存空间中的感受。（肖炜）

刘阳鹤诗一首

　　刘阳鹤，1991年生于甘肃，在关中地区长大，先后在《诗刊》《星星》《诗选刊》《诗林》《民族文学研究》等刊发表诗歌、评论若干，并辑有诗歌手册《新清真集》、评论集《错失的意义》两部。现于陕西师范大学攻读文艺学专业硕士学位。

小麦加游记——致M

我们驱车向西，所到之处尽是光秃秃的
仪容，仿佛他谈及的田野调查。辗转间，我想起了逝者
的遗容，充满着孤绝的苦难。当裹尸布席卷而来，我们默然
把历史的创伤写进血迹研究：唯有弥合，令人忧虑。

直到入关后，他总是朝着远山眺望，可我却猜不透他
的心思，像隔了一层薄薄的云雾，略显几分凄迷。我们相识
大抵只有引擎响动时那么长。"既然这样，不妨
将各自的热情冲抵掉。"——也许是他说的，恰恰契合于

某种怨言：不就是一次回关嘛！对此，我不作回应
缘于我们处境有别。但梁它还是那道梁，自打远离故土
数十载后，我们被逐渐解构了的

生存史,将悲观主义贴附在宿命论的车胎上,甭提有多现代

当然,我们更怕碰钉子。我以为,其中庇护着一个民族
的软肋。而他却说:"从历史层面来讲,这是
残留性问题。"问题是,我们来自哪里去往何处并非质疑的
关键。沿途的车奔驰着,有不按喇叭的,有窜进

农家乐的,也有被余存的山角撞破耳目的。在虚构,
与现实之间,我们有限地逼近临界点,为的是戳穿被粉饰的
政治谎言。暮晚时分,斜阳下闪过一道黑影,那是飞翔
的印章。我说:"没有什么,比它

更可怕。"他不以为然,透过冰花玻璃瞥见了彼此
的圆滑,如同招人喝彩的冰刀舞一般。我们掩藏着自己
的宏图,驶向山的更暗处,似乎有人在那里
等。"嘟"的一声,我回了回神,之后便开始向已逝的风景

填补记忆。我们到了,亲人们已等候多时。出于对陌生的
抗拒,我们满怀着热情下了车。可他却思绪全无,
甚至都道不清自身所经历的是否真实?倾听,是坠入谷底的
幻觉,而不是遭遇路障的传声筒。所以,我们始终在

寻找对应物,它位于声音的两端,其间多为谣传:从
宗教狂热到教派争端,处处都散播着阴谋论的腔调。他决定
深入调研,而我则选择吊唁。诚然,我们至此所期许的
并不算多,哪怕抵达只为始于抵达。

选自《太阳诗报》2015年总第34期

评鉴与感悟

铺陈的描述是诗歌的一种外放式的面貌，刘阳鹤在这种方式中不断将自己的思考和忧虑表现出来，一次游记像是一次对生命体验的解惑，或许说，只单单是用一种诚实而真挚的方式来感知这种体验。或许我们有不同的面对世界的方式，但我们共同面临一个当代空间，而诗歌则帮助我们共同抵抗这个困境，或许在刘阳鹤的诗歌中有他自己作为一个穆斯林印记，譬如他独特的历史感受与思考和关注的焦点，但是作为一种抵抗现代降临的方式，在诗歌的表现中，让阅读者感到的并非陌生，而是一种新的可能与惊异的美。（肖炜）

吴盐诗一首

　　吴盐，1991年生，安徽颍上人，青年诗人，辑有诗集《魔法拖拉机》《来不及热爱》，暂居上海。

不存在的诗人

不是非写不可，他甩手扔掉的十万个问题砸中他
一些有唯一的答案，一些则是永恒的谜。
雾中的霓虹灯为他不再是一个诗人而坏掉一半。
中南海屁股垂头丧气。
没有晚饭，他凝视窗外飞逝的广告牌

飞逝，飞逝的热情灼伤他，爱他的东西反对他
手表束缚他的胃，鱼刺痛他。
异乡的声音，每分钟消失一点
饥饿的刀刮他肩胛骨，没有声音出卖他的肺

油烟里的真理缭绕着那沓纸，每个字跳起来吃掉一种结局

绝对的事情有相似的外套，细节是温柔又甜蜜
他还没出现就在雾中消散，一滴雨命中他的唇

门被推开，围墙砌进他的手。
更远的地方更逼仄，我们再找不到一张盲目的脸。

不是非写不可，他甩手扔掉的十万个问题蛊惑他
哪一颗恒星不是人造，哪里的骤雨源于日常的暴怒
无言的结局浇灭他，拳头握起来像馒头给未来
一个日出的海平面

什么是必须面对的
没有晚饭，夜色加重他异乡的声调
哪一句诗将结我于羞耻的树枝
没有什么可以再次击中他，一瓶矿泉水带他返回家中。

原载《扬子江》2015年第5期

评鉴与感悟

标题源自卡尔维诺《不存在的骑士》，这仿佛一位年轻诗人为自己诗人身份书写的挽歌。当然，我所说的诗人身份并不是全部意义上的，诗的开头即是证明："不是非写不可。"这句话会让我们想起里尔克在一封信中对年轻诗人的教诲，自20世纪以来，这番教诲早已成为年轻诗人们心中金子般的教谕：里尔克的大意是，在你动笔创作之前，要先问问自己的心，是不是非写不可？这首诗的开头显然回击了这种经典化的创作心态和理念，这首诗的悖论和诗意很重要一点正是在于，诗人用"不是非写不可"的心态写了一首诗。诗中充满了消极性的词语，使得全诗缭绕在一种对自己已有的诗歌成见、诗人身份成见持怀疑、否定甚至自我嘲笑的精神气氛中。文本背后，诗人心中或许也正是持有这样的心态。但是，这样的心态并未造成对写作的放弃，反而促成了一首新作的诞生。这样的新作，虽是挽歌，但指向未来，它从头到脚都是"新的"，是真正的"新作"，因为它致力于诗人的自我刷新，也为诗人日后的写作打开了崭新的无限可能。（李海鹏）

康苏埃拉诗一首

　　康苏埃拉，曾获未名诗歌奖、重唱诗歌奖、全球华语大学生短诗大赛一等奖,诗作刊于《诗歌月刊》《诗林》。兼事翻译，译有E.M.福斯特小说《大机器停止》，编有普拉斯诗集《爱丽尔》等，并任2014年上海国际文学周、2015年香港国际诗歌节译者。现居旧金山，从事翻译出版工作。

悬崖

躺进暮年的词典，我会把世界从头翻阅
会把我途经的一切读给你听：
一群蓝色马，悬崖，失真的雨依然在下

为了和你相认于雨水，我会
抹去自己的脸，会走回镜中
把世界颠倒过来、重读一遍：
失真的雨依然在下，悬崖，一群蓝色马

——无论如何，每次都要途经悬崖
我看见悬崖始终处于最中心的位置
正如每次途经你时，

我所握紧的那片陡峭的静止

选自康苏埃拉豆瓣主页（2015年1月29日）

评鉴与感悟

这首诗充满了一种奇异的美感，时间上的漫长与舒缓的节奏（暮年的词典、翻阅、重读、雨水）和始终萦绕的逼仄和紧张感（悬崖始终处于最中心），让诗人完整的表现出了那种"陡峭的静止"。而这样的体验，在诗中最后进入一个"我"和"你"之间的关系中。无论这个你我各自象征着什么，这样若即若离的关系——无论对象是什么——必然是一种当下需要面临的日常经验。每个进入现代生存空间的诗人或许都会有这样的矛盾体验——时间总在舒缓的流逝，但我们却越发感觉逼仄和紧迫。（肖炜）

薮弦诗一首

薮弦，1993年生。青年诗人，兼事批评。现为复旦大学中文系2012级本科生。作品见于《诗刊》《上海文学》《天涯》《诗林》《飞地》等刊物，并被收入多种选本。辑有诗集《夙愿的外观》。曾获北京大学"未名诗歌奖"（2015）、南京大学"重唱诗歌奖"（2014）、复旦大学"光华诗歌奖"（2013）等奖项。

默距

友人带来了雨意和五点钟。
她倒映霓虹的瞳孔，偶尔会流露
胆怯的剪影，如金针下旋转的唱片播放着我。
尴尬之间，租界的星光也挤了进来，
由越轨的对视，跌落成此刻的餐盘与碗筷。
4'33″，沉默在长桌的对角线上拉锯彼此，
邻座的低语顺势推开一片涟漪——
四下里有人走动，有人正推门离去；但没有
约翰·凯奇，卷起留白的乐谱，因而是又一个4'33″
衔接了她，折纸的内面与冻港的停顿，太过真实。
也或许，羞赧才是深心的入海口，
此间多雾的堤岸，装点我们垂钓时疑惑的部分。

这降维后的世界多么幽深,隐约、料峭,更值得等待,
哪怕为鱼跃般的逗点,蹩脚的对白被分割。

* 卞之琳《距离的组织》:"友人带来了雪意和五点钟"

原载薂弦豆瓣小组 2015 年 7 月 2 日

评鉴与感悟

这首诗开篇戏拟了卞之琳名诗《距离的组织》中的末句"友人带来了雪意和五点钟",卞氏此诗,从在报纸上读到罗马灭亡星的消息入手,一步步推演,完成了一首 20 世纪 30 年代的人思索现代世界里新的时空感知、时空哲学的智性之诗,全诗就收束于上面这行冷静而富诗情的诗句中。而薂弦此诗,以对这句诗的戏拟开头,冥冥之中昭显了承接 80 年前诗歌前辈的抱负。有趣的是,卞氏一诗以智性著称,而在我看来,薂弦这首诗使用的不是冷静,而是语言的欢愉,全诗在语言姿态上是嬗变的、是迷乱的,很有超现实主义的味道。这首诗写的是与友人的一次聚餐,但薂弦用自己独特的声线对身边的现实场景进行了"降维",在他看来,"这降维后的世界多么幽深,隐约、料峭,更值得等待","降维"是来自科幻的概念,薂弦借用这一概念将自己的周遭环境科幻化了,从中诞生的新世界才是自己真正想要的世界。薂弦极具语言狂想的天赋,也绝对忠诚、自信于自己的天赋,由此他获得了诗歌狂享的特权:他的诗歌不断制造着哈里昆的狂欢。(李海鹏)

曹僧诗一首

曹僧，1993年生于江西樟树。复旦大学中国哲学专业2014级硕士研究生。复旦诗社第三十七任社长，复旦诗歌图书馆主要创始人之一兼首任馆长。曾获第八届北京大学"未名诗歌奖"、第三届复旦大学"光华诗歌奖"等奖项。辑有诗集《锯木拖拉机在鹤城》，与友肖水合编有《复旦诗选·2015》（北岳文艺出版社）。

黑夜在两面镜子间洗衣

这不知所起，伤悲的一瓶浓硫酸
噢陌生人，你面目绚烂
湮灭于西边的无限
我的左耳撕咬左边的面颊
我在听从听所发出的吼声
肚子里翻滚着灵魂的沙尘
一朵爆破天庭的花瓣正酝酿

没有月亮，不需要盐
让那些拉着标语的企鹅
踏水而去，让南极侠越过北回归线
让"红豆生南国，万事成蹉跎"

用手掌拨一拨深邃的冷蓝
悬浮在头顶和周遭的惨白
鱼群将全部死去
让他们陨落，让他们为铁而发烫

在梦里教我观察梦的姿势
在一张数码照片的背面
寻找声调的划痕，寻找一个
调试黑暗并使它成像的技师

黑夜在两面镜子间洗衣
洗一件衣服，是通往一天的路
在他的口袋里，请摸出一把快剪
戳破胸腔，再把带鱼在气喉里切片
那些叫人后悔一生的话语

那是麻雀叼着耻毛一般的蛇
他们吐着孤独和洞见的信子
他们平铺伸展，向你张扬着
凌驾万有引力的狂欢

这一长串反应式勾连而成的火车
无限无限的祖先
也在我身后强忍着硬座吗？
来咬一口晶莹的肥皂，吐出
百八十个叫人心碎的泡泡
咸湿的泪水和晨勃，你高歌吧
"亲爱的智识，亲爱的人类奇迹"

选自曹僧豆瓣主页（2015年8月1日）

评鉴与感悟

如果说到一首诗有层次感,那必定不只是在形容这首诗歌中复调式的叙述方式,更重要的是,在这首诗歌中我们能感受到的交叠的画面以及声音,曹僧的这首诗便是这样,在不断变幻的场景和语调中我们可以感受到,诗歌的复杂有时不是本身的复杂,而是诗人所面临的,或者说诗歌所面临的对象的复杂。(肖炜)

蒋在诗一首

蒋在,1994年9月生,十一岁开始写诗,十四岁发表诗歌。诗歌见于《人民文学》《诗刊》《星星》《山花》等。诗歌选入《中国诗歌精选》《中国新诗年鉴》等年度选本。小说见于《上海文学》《长江文艺·好小说》《山花》等。

乌鸦落在了别家

我住的山头　　看不见雨雪
或者　　来年
大雪封门
是谁扣开了　　枝叶的间隙
你远道而来
空无一物的思念
雪未化　　花已开

茫茫草场突然的来访
概述了我们将来不会存在的立场
陌生人
在山脚下
池塘里圈养的马

他们不说话　　我也不说话
一筒水酒
一坨盐巴
一块茶
乌鸦也落在了别家

选自《天涯》2015年第4期

评鉴与感悟

"永不复还",爱伦坡诗歌中神秘的乌鸦,一遍遍发出nevermore的警示(或叹息),回答着对尘世之欢乐与苦楚的一切发问。黑夜中的乌鸦,辗转于尘世的时空中。在年轻诗人蒋在这里,曾经隐匿它的夜色消失了,"雪"显现了它,那让人绝望的nevermore仿佛也弱化了。然而"别"的出现,轻轻道破了一切依然是不可求,不可触摸的。这是一次显现,又是一次隐匿。恰似我们为自己打开的每一个空间,比如诗歌中出现的被"扣开"的"大雪封门","树叶的间隙","花已开","茫茫草原"的来访。这些敞开与显现,都不着痕迹地滑向了别处。那个别处,即让生存难以恰切。诗人察觉了其中的nevermore,并赋予它轻的叹息,这岂不是有关失去与失落的那一声叹息:乌鸦落在别家。(曹梦琰)

叶飙诗一首

叶飙，1994年生于安庆。

在上海（3）
——赠郑丹

它在半空，旋转着我们看不见的
行迹。尔后，登陆这片曾经的海域。

开始是风、夜色中的
锦衣卫。怕断头的草木为之颤抖倒伏。

翌日，它带来一阵黄昏的暴雨：
乌云压抑，小炸弹十分密集地降落。

多么手足无措的人们多么像是
一场巨大病痛的现在进行时，

连拥有块遮雨处的肉夹馍小贩
也急促着刀剁碎肉的沉闷之音。

终于，像是懂得放牧过度的后果，
它呼唤手底的宵小前往更深的腹地——

凉爽紧跟其后，追寻每一片肺叶。
然而这可是持续的真实？

和平年代的通货膨胀，请告诉我。

选自叶飙豆瓣主页2015年9月2日

评鉴与感悟

诗人以戏谑、狂欢的语调描述上海的一次暴雨降落过程，戏仿在上海的生存体验，妙趣横生，寓意深刻。这场风暴疯狂地席卷而来，在风暴笼罩之下的黎民百姓无比恐惧、惊慌，生命如草芥般卑微。"终于，像是懂得放牧过度的后果……然而这可是持续的真实"运用反讽笔法，刻画出风暴的无情面目。"和平年代的通货膨胀，请告诉我"，诗人用嘲讽的语气质询导致这种悲剧性生存体验的原因。这首诗歌明快的节奏感和音乐性，倾注了诗人心中强烈的愤懑之气。
（万冲）

肖炜诗一首

  肖炜，1994年生于贵州毕节。现就读于中央民族大学，曾任中央民族大学朱贝骨诗社社长，作品偶有发表。

回乡偶书

初春未到，我俩再见一面吧
就像撷取二月的一枝白花……
我的话只一开口，鸟儿就衔走了
那你呢，是否也有一些细碎的日子，寄给了流水

每个凌晨四点，我都好像可以
抚摸到你的茧和微笑
你我各有四分之一，依然如故

还是不明白吗，当我问你：你
是如何进入夜晚的
我的眼睛已经坠入你胎记丛生的梦里

别，别偏过头去
投我以目光，就将报你以乡音

若你叩响我的茧，我就将早早生出翅膀
啜饮荒芜的废水，栖繁华的朽木
衔家书一封，就像撷取二月的白花一枝
"我于梦中一切安好，不必寻我"

选自朱贝骨诗社豆瓣小组2015年2月4日

评鉴与感悟

作为文学的重要母题之一，"还乡"往往与时空的变迁，境遇的转换，自我身份的确认等线索勾连在一起。相比之下，肖炜的《回乡偶书》不免有些轻盈，但也因此获致了澄净的力量。与奥德修斯般历尽磨难的还乡者不同，肖炜以少年特有的天真、梦幻的笔触描摹着自己的心境，其间充斥着白花、鸟儿、流水、虫茧等迷人的意象。从各个层面看，《回乡偶书》都并非成熟之作，而只能算是漫长的学徒期里的一次尝试，但在同代人的写作普遍被一种没有根基且缺乏剪裁的晦涩风格笼罩时，肖炜的嗓音无疑向我们暗示了另一种美好。（蕲弦）

致作者

本套《北岳年选系列丛书》,收录了本年度众多优秀文学作品。在编选过程中,我们及各选本主编已尽力与大多数作者取得了联系,然仍有部分作者无法取得联系,见此消息,烦请来电,以便奉送薄酬及样书。

联系人:史晋鸿
电　话:0351-5628695